양을 쫓는 모험 下

양을 쫓는 모험

무라카미 하루키 장편소설

신태영 옮김

문학사상

차례

제7장_ 돌고래 호텔의 모험

영화관에서 이동이 완성되다.
돌고래 호텔로

비행기를 타고 있는 동안, 그녀는 창가에 앉아서 줄곧 눈 아래로 펼쳐지는 풍경을 바라보았다. 나는 그 옆에서 내내《셜록 홈즈의 사건 기록》을 읽었다. 가도 가도 하늘에는 구름 한 점 없고, 지상에는 시종 비행기의 그림자가 비치고 있었다. 정확하게 말하면 우리는 비행기를 타고 있으므로 그 산과 들 위를 날고 있는 비행기 그림자 속에는 우리의 그림자도 포함되어 있는 셈이다. 그렇다면 우리 역시 지상에 새겨지고 있는 것이다.

"난 그 사람 좋던데"라고 그녀가 종이컵에 담긴 오렌지주스를 마시면서 말했다.

"그 사람?"

"운전사 말이야."

"응" 하고 나는 말했다. "나도 좋아."

"그리고 청어리란 이름도 마음에 들어."

"맞아. 아닌 게 아니라 좋은 이름이야. 고양이도 내가 키우는 것보다 거기에 있는 쪽이 행복할지도 모르지."

"고양이가 아니라 청어리야."

"그래, 청어리."

"왜 내내 고양이에게 이름을 붙여주지 않았어?"

"왜일까?"라고 나는 말했다. 그리고 양의 문장이 새겨진 라이터로 담배에 불을 붙였다. "아마 이름이라는 걸 좋아하지 않기 때문일 거야. 나는 나고, 당신은 당신이고, 우리는 우리고, 그들은 그들이고, 그것으로 충분하다는 생각이 들거든."

"그래"라고 그녀는 말했다. "우리라는 말은 어쩐지 마음에 들어. 왠지 빙하시대 같은 분위기가 나지 않아?"

"빙하시대?"

"가령 우리는 남으로 이동해야 한다든가 매머드를 잡아야 한다든가 말이야."

"그렇군" 하고 나는 말했다.

지토세 공항에서 짐을 받아가지고 밖으로 나오자 공기는 예상했던 것보다 차가웠다. 나는 목에 두르고 있던 면 셔츠를

티셔츠 위에 껴입고, 그녀는 셔츠 위에 털실로 짠 조끼를 입었다. 도쿄보다 정확히 한 달 정도 일찍 가을이 다가와 있었다.

"우리는 빙하시대에 만나야 했던 게 아닐까?"라고 삿포로로 가는 버스 안에서 그녀는 물었다. "당신은 매머드를 잡고 나는 아이를 기르고."

"멋있을 것 같군" 하고 나는 말했다.

그리고 그녀는 잠을 잤고, 나는 버스의 창을 통해 도로 양쪽으로 이어지고 있는 깊은 숲을 바라보았다.

우리는 삿포로에 도착하자 찻집에 들어가 커피를 마셨다.

"우선 기본 방침을 정하자고"라고 나는 말했다. "분담을 하는 거야. 즉 나는 사진의 풍경에 대해 알아보고 당신은 양에 대해서 알아보고. 그렇게 하면 시간을 절약할 수 있거든."

"합리적인 것 같네."

"잘 된다면 말이지"라고 나는 말했다. "어쨌든 당신은 홋카이도에 있는 양 목장의 분포와 양의 종류를 알아보는 거야. 도서관이나 도청에 가면 알 수 있을 거야."

"도서관이라면 좋아"라고 그녀는 말했다.

"다행이군" 하고 나는 말했다.

"지금부터 시작해?"

나는 시계를 보았다. 3시 30분이었다. "아니, 오늘은 벌써 시간이 꽤 지났으니까 내일부터 하지. 오늘은 좀 쉬다가 묵을 데를 정한 다음 식사를 하고 목욕하고 자는 거야."

"영화가 보고 싶어"라고 그녀는 말했다.

"영화?"

"왜냐하면 모처럼 비행기 덕분에 시간을 절약했잖아."

"그야 그렇지"라고 나는 말했다. 그리고 우리는 제일 먼저 눈에 띈 영화관으로 들어갔다.

우리가 본 것은 범죄 영화와 초자연 현상을 다룬 동시상영 영화였는데, 객석은 텅 비어 있었다. 그렇게 텅 빈 영화관에 들어간 것도 실로 오래간만이었다. 나는 심심풀이 삼아 관객의 수를 세어보았다. 우리를 포함해서 여덟 명이었다. 영화의 등장인물이 훨씬 더 많았다.

하긴 영화도 보통 이하였다. MGM*의 사자가 으르렁거리고 나서 메인타이틀이 스크린에 나타난 순간 벌써 등을 돌리고 자리에서 일어나고 싶어지는, 그런 영화였다. 실제로 그런 영화가 존재하는 것이다.

---

* 미국의 영화 제작 및 배급 회사.

그래도 그녀는 진지한 눈길로 뚫어져라 스크린을 응시하고 있었다. 말을 걸 틈도 없었다. 그래서 나도 단념하고 영화를 보기로 했다.

첫 번째는 초자연적 내용을 다룬 영화로 악마가 마을을 지배하는 영화다. 악마는 교회의 초라한 지하실에 살며 신경질적인 목사를 앞잡이로 부리고 있었다. 악마가 왜 그 마을을 지배할 마음을 먹었는지 나는 영문을 알 수 없었다. 왜냐하면 그곳은 옥수수밭으로 둘러싸인 형편없이 초라한 마을이었기 때문이다.

그러나 악마는 그 마을에 몹시 집착하고 있어, 한 소녀만이 자신의 지배 아래 들어오지 않는 것에 몹시 화를 내고 있었다. 악마는 화가 나면 흐물흐물한 초록색 과일 젤리처럼 몸을 떨며 진노했다. 그 진노하는 모습에는 어딘지 모르게 저절로 미소를 자아내게 하는 데가 있었다.

우리 앞자리의 중년 남자는 안개가 자욱할 때 울리는 기적 소리 같은 소리를 내며 코를 골고 있었다. 오른쪽 구석에서는 진한 애무 행위가 진행 중이었고, 뒤쪽에서는 누군가가 거대한 소리로 방귀를 뀌었다. 중년 남자의 코 고는 소리가 한순간 멈출 정도의 거대한 방귀였다. 여고생 두 명이 킥킥거리며 웃었다.

나는 반사적으로 정어리 생각이 났다. 정어리 생각을 하니 내가 도쿄를 떠나서 삿포로에 와 있다는 사실을 겨우 깨닫게 되었다. 바꿔 말하면, 누군가의 방귀 소리를 듣기 전까지 나는 자신이 도쿄에서 멀리 떠나 있다는 사실을 실감하지 못했던 것이다.

이상한 일이다.

그런 생각을 하다가 나는 잠들어버렸다. 꿈속에 초록색 악마가 나왔다. 꿈속의 악마는 전혀 미소를 자아내게 하지 않았다. 어둠 속에서 말없이 나를 바라보고 있을 뿐이었다.

영화가 끝나고 장내가 밝아지면서 나도 잠을 깼다. 관객들은 약속이나 한 듯이 차례로 하품을 했다. 나는 매점에서 아이스크림을 두 개 사와서 그녀와 먹었다. 작년 여름에 팔다 남은 것처럼 딱딱했다.

"계속 잤어?"

"응" 하고 나는 말했다. "재미있었어?"

"굉장히 재미있었어. 마지막에 마을이 폭발해버렸어."

"저런."

영화관은 이상하게도 고요했다. 고요하다기보다도 내 주위만이 이상하게도 고요했다. 기묘한 기분이었다.

"있잖아"라고 그녀가 말했다. "어쩐지 이제야 몸이 이동하고 있는 것 같은 기분이 들지 않아?"

그러고 보니 정말 그런 것 같았다.

그녀는 내 손을 잡았다. "계속 이렇게 하고 있어. 불안하거든."

"그래."

"이렇게 하지 않으면, 어딘가 딴 데로 이동해버릴 것 같아. 어딘가 영문 모를 곳으로."

장내가 어두워지고 예고편이 시작되었을 때, 나는 그녀의 머리카락을 헤치고 귀에 입을 맞췄다.

"괜찮아. 걱정할 거 없어."

"당신 말이 맞아" 하고 그녀가 작은 목소리로 말했다. "역시 이름이 붙어 있는 것을 탈 걸 그랬나 봐."

두 번째 영화가 시작되어 끝날 때까지 한 시간 반 동안, 우리는 어둠 속에서 그렇게 조용한 이동을 계속했다. 그녀는 내 어깨에 줄곧 뺨을 대고 있었다. 어깨가 그녀의 입김에 의해 따뜻하게 젖어들었다.

*

영화관을 나와서 그녀의 어깨를 끌어안고 해 질 녘의 거리를 산책했다. 나와 그녀는 이전보다 훨씬 친밀해진 것 같은 기분이 들었다. 거리를 오가는 사람들의 웅성거림이 싫지 않았고,

하늘에는 흐린 별이 반짝이고 있었다.

"우리, 정말로 올바른 곳에 있는 걸까?"라고 그녀가 물었다.

나는 하늘을 올려다보았다. 북극성은 정확한 위치에 있었다. 그러나 어딘지 모르게 가짜처럼 보이기도 했다. 너무 크고 너무 밝았다.

"글쎄" 하고 나는 말했다.

"뭔가가 어긋난 것 같은 느낌이 들어."

"처음 오는 거리란 다 그런 법이야. 아직 이 거리에 익숙하지 않아서 그렇겠지."

"곧 익숙해질까?"

"아마 이틀이나 사흘 정도면 익숙해질 거야"라고 나는 말했다.

우리는 걷다가 지쳐 눈에 띄는 레스토랑에 들어가 생맥주를 두 잔씩 마시고 감자와 연어 요리를 먹었다. 아무렇게나 들어간 음식점치고는 맛이 꽤 괜찮았다. 맥주는 아주 맛있었고 화이트소스는 산뜻하고 감칠맛이 났다.

"자"라고 나는 커피를 마시면서 말했다. "이제 슬슬 묵을 데를 정해야겠지?"

"묵을 곳에 대해서는 머릿속에 대강 그려뒀어"라고 그녀는 말했다.

"어떤?"

"어쨌든 호텔 이름을 차례로 읽어봐."

나는 무뚝뚝한 웨이터에게 직종별 전화번호부를 가져다달라고 부탁해 '여관, 호텔'이라는 페이지를 모조리 읽어나갔다. 마흔 번째 호텔 이름을 읽고 있는데 그녀가 잠깐, 하고 제동을 걸었다.

"그곳이 좋겠어."

"그곳?"

"방금 마지막으로 읽은 호텔 말이야."

"돌핀 호텔" 하고 나는 다시 읽었다.

"무슨 뜻이야?"

"돌고래 호텔."

"거기에 묵자."

"들은 적도 없는데."

"하지만 거기 말고는 묵을 만한 호텔이 없을 것 같아."

나는 고맙다는 인사를 하고 전화번호부를 웨이터에게 돌려준 다음 돌고래 호텔에 전화를 걸어보았다. 분명하지 않은 목소리의 남자가 전화를 받더니 더블이나 싱글이라면 빈방이 있다고 했다. 나는 더블과 싱글 이외에는 어떤 방이 있느냐고 참고로 물어보았다. 물론 더블과 싱글 이외의 방은 없었다.

약간 머리가 혼란스러워졌지만, 어쨌든 더블을 예약하고 요금을 물었다. 내가 예상하고 있던 것보다 40퍼센트가량 쌌다.

돌고래 호텔은 우리가 들어갔던 영화관에서 서쪽으로 세 블록, 남쪽으로 한 블록 내려간 데에 있었다. 호텔은 작고 개성이 없었다. 이만큼 개성이 없는 호텔도 없을 거라는 생각이 들 정도로 아무 특색 없는 호텔이었다. 그 무개성無個性에는 일종의 형이상학적 분위기조차 감돌고 있었다. 네온사인도, 큰 간판도, 제대로 된 현관조차도 없었다. 레스토랑의 종업원용 출입구 같은 멋없는 유리문 옆에 '돌핀 호텔'이라고 새겨진 동판이 끼워져 있을 뿐이었다. 돌고래 그림조차 그려져 있지 않았다.

건물은 5층이었지만, 마치 큰 성냥갑을 세로로 세워놓은 것처럼 밋밋했다. 가까이 다가가 보면 그다지 낡진 않았는데, 그래도 남의 눈을 끌 정도로는 낡았다. 분명히 처음 지었을 때부터 이미 낡아 있었을 것이다.

그것이 돌고래 호텔이었다.

그러나 그녀는 한눈에 돌고래 호텔이 마음에 든 모양이었다.

"꽤 괜찮아 보이는 호텔인데"라고 그녀는 말했다.

"괜찮아 보이는 호텔?" 하고 나는 되물었다.

"아담하고 쓸데없는 것도 없을 것 같고."

"쓸데없는 것?" 하고 나는 말했다. "당신이 말하는 쓸데없는 것이란 얼룩이 없는 시트라든가 물이 새지 않는 세면대, 조절이 잘 되는 에어컨, 부드러운 화장지, 새 비누, 볕에 바래지 않은 커튼 따위를 말하는 거겠지?"

"당신은 너무 사물의 어두운 면만 보는 것 같아"라고 그녀는 웃으며 말했다. "어쨌든 우리는 관광을 온 게 아니잖아."

문을 열자 로비는 생각보다 넓었다. 로비 한가운데에는 응접세트와 대형 컬러텔레비전이 한 대 놓여 있었다. 틀어놓은 텔레비전에서는 퀴즈 프로가 방영되고 있었다. 사람의 모습은 보이지 않았다.

문의 양옆에는 커다란 관엽식물 화분이 놓여 있었는데 잎이 반쯤 변색되어 있었다. 나는 문을 닫고 그 두 화분 사이에 서서 잠시 로비를 바라보았다. 잘 살펴보니 로비는 그다지 넓지 않았다. 가구가 너무 없어 넓어 보였던 것이다. 응접세트와 괘종시계와 커다란 거울, 그 이외에는 아무것도 없었다.

나는 벽으로 다가가 시계와 거울을 바라보았다. 양쪽 다 어딘가에서 기증한 것이었다. 시계는 7분이나 틀렸고, 거울에 비친 내 목은 내 몸통에서 조금 어긋나 있었다.

응접세트도 호텔 그 자체와 비슷할 정도로 낡은 것이었다. 오렌지색이었는데 상당히 기묘한 색이었다. 잔뜩 볕에 바래

게 한 다음 일주일 동안 비를 맞히고, 그다음 지하실에 처넣어서 일부러 곰팡이를 슬게 한 것 같은 오렌지색이었다. 총천연색 영화의 초기 무렵에 이런 색을 본 적이 있다.

가까이 가보니 응접세트의 긴 의자에는 머리가 벗어지기 시작한 중년 남자가, 말린 생선 같은 모습으로 누워 자고 있었다. 처음에 그는 죽은 것처럼 보였는데, 실제로는 자고 있을 뿐이었다. 코를 가끔 실룩거렸다. 콧잔등에는 안경 자국이 나 있었는데, 안경은 어디에도 없었다. 그렇다면 텔레비전을 보다가 그냥 잠든 게 아닌 모양이다. 영문을 알 수 없었다.

나는 프런트에 서서 카운터 안을 들여다보았다. 아무도 없었다. 그녀가 벨을 울렸다. 찌르릉 하는 소리가 휑뎅그렁한 로비에 울려 퍼졌다.

30초를 기다렸으나 아무런 반응도 없었다. 긴 의자 위의 중년 남자도 깨지 않았다.

그녀는 다시 한번 벨을 울렸다.

긴 의자 위에서 중년 남자가 신음 소리를 냈다. 자신을 책망하는 듯한 신음 소리였다. 그러고 나서 남자는 눈을 뜨고 멍하니 우리를 쳐다보았다.

그녀는 다그치듯이 세 번째 벨을 눌렀다.

남자는 펄쩍 뛰어오르듯이 긴 의자에서 일어나더니 로비를 가로질러 내 옆을 지나 카운터 안으로 들어갔다. 남자는 프런트 담당이었다.

"정말 죄송합니다"라고 남자는 말했다. "정말 죄송합니다. 기다리다가 깜빡 잠이 들어버려서⋯⋯."

"깨워서 미안하군요"라고 나는 말했다.

"아닙니다, 아닙니다. 별말씀을" 하고 프런트 직원이 말했다. 그리고 내게 숙박 카드와 볼펜을 내밀었다. 그의 왼손 새끼손가락과 가운뎃손가락은 두 번째 마디부터 없었다.

나는 카드에 일단 본명을 적었다가 생각이 바뀌어 그것을 구겨서 주머니에 쑤셔 넣고, 새 카드에 엉터리 이름과 엉터리 주소를 적었다. 평범한 주소와 평범한 이름이었는데, 즉흥적으로 생각해낸 것치고는 나쁘지 않은 이름과 주소였다. 직업은 부동산업으로 해두었다.

프런트 직원은 전화 옆에 놓여 있던 플라스틱 테의 두꺼운 안경을 쓰고 내 숙박 카드를 자세히 읽었다.

"도쿄도 스기나미구⋯⋯ 29세, 부동산업."

나는 주머니에서 휴지를 꺼내 손가락에 묻은 볼펜 잉크를 닦았다.

"사업상 용무로?"라고 프런트 직원이 물었다.

"뭐, 그런 셈이지요"라고 나는 말했다.

"며칠 동안 묵으시겠습니까?"

"한 달" 하고 나는 말했다.

"한 달?" 그는 새하얀 도화지를 바라볼 때와 같은 눈초리로 내 얼굴을 바라보았다. "한 달 내내 묵으실 건가요?"

"곤란한가요?"

"아니요, 저, 곤란하지는 않습니다만, 사흘마다 정산을 하도록 되어 있어서요."

나는 가방을 바닥에 놓고 주머니에서 봉투를 꺼내 빳빳한 1만 엔권 스무 장을 세어 카운터 위에 놓았다.

"부족해지면 또 낼 테니까" 하고 나는 말했다.

프런트 직원은 왼손의 세 손가락으로 돈을 쥐고 오른손 손가락으로 돈의 숫자를 두 번 반복해 센 뒤, 영수증에 금액을 적고 나에게 건네주었다. "혹시 묵으시면서 뭔가 부족한 게 있으면 말씀해주세요."

"가능한 한 엘리베이터에서 멀리 떨어진 구석방이면 좋겠는데요."

프런트 직원은 나에게 등을 보이며 돌아서 열쇠가 죽 꽂힌 곳을 보고 한참 망설이다가 406이라는 번호가 붙은 걸 집었다. 거의 모든 열쇠가 꽂혀 있었다. 돌고래 호텔은 경영적으로 성공한 호텔이라고 보기는 어려운 것 같았다.

돌고래 호텔에는 보이가 없어서 우리는 손수 짐을 들고 엘리베이터를 타야만 했다. 그녀의 말대로 이 호텔에는 쓸데없는 건 하나도 없는 것이다. 엘리베이터는 폐병에 걸린 커다란 개처럼 덜커덩덜커덩 흔들렸다.

"오래 묵으려면 이렇게 작고 깔끔한 호텔이 좋아"라고 그녀가 말했다.

작고 깔끔한 호텔이란 표현은 아닌 게 아니라 나쁘지 않은 표현이었다. 《앙앙》*의 여행 페이지에라도 나올 법한 문구다.

오래 묵으시는 데는 뭐니 뭐니 해도 마음 편한 작고 깔끔한 호텔이 제일입니다.

그러나 작고 깔끔한 호텔의 방에 들어서서 내가 가장 먼저 해야 했던 일은, 창틀을 기어다니고 있던 작은 바퀴벌레를 슬리퍼로 후려치고, 침대 밑에 떨어져 있던 두 올의 음모를 집어서 휴지통에 버리는 일이었다. 홋카이도에서 바퀴벌레를 처음 보았다. 그녀는 그동안 물의 온도를 조절하면서 목욕 준비를 했다. 아무튼 거대한 소리가 나는 수도꼭지였다.

"좀 더 괜찮은 호텔에 묵어도 되잖아"라고 나는 욕실 문을 열고 그녀에게 소리쳤다.

---

* 스타일링 패션 잡지.

"돈은 얼마든지 있으니까 말이야."

"돈 문제가 아니야. 우리의 양 찾기는 여기서부터 시작되는 거야. 어쨌든 여기가 아니면 안 된다고."

나는 침대에 드러누워서 담배를 한 개비 피운 다음 텔레비전의 스위치를 켜고, 채널을 모조리 틀어보고 나서 껐다. 텔레비전 영상만은 정상이었다. 물소리가 그치고 그녀의 옷이 문밖으로 집어던져지더니 샤워하는 소리가 들려왔다.

창의 커튼을 열자, 길 건너편에는 돌고래 호텔처럼 뭐가 뭔지 알 수 없는 고만고만한 빌딩들이 늘어서 있는 것이 보였다. 하나같이 재라도 뒤집어쓴 듯이 지저분해서 바라보는 것만으로도 지린내가 나는 듯했다. 9시가 다 되었는데도 몇몇 창에는 불이 켜져 있었고, 사람들은 그 안에서 바쁜 듯이 일하고 있었다. 무슨 일을 하고 있는지는 모르지만, 어쨌든 그다지 즐거워 보이지는 않았다. 하기는 그들이 나를 봐도 그다지 즐거워 보이지는 않을 것이다.

나는 커튼을 닫고 침대로 돌아와 아스팔트 도로처럼 딱딱하게 풀을 먹인 시트에 드러누워서 헤어진 아내에 대해 생각하다가, 그녀와 함께 살고 있는 남자에 대해서도 생각해보았다. 나는 상대방 남자에 대해서 꽤 잘 알고 있었다. 어쨌든 처음엔 내 친구였으니까 잘 모를 까닭이 없는 것이다. 그는 스물일곱 살 난 그다지 유명하지 않은 재즈 기타리스트로, 그다지 유명하지 않은 재즈 기타리스트치고는 비교적 정상적인 남자였다. 성격도 그다지 나쁘지는 않다. 스타일이 없을 뿐이다. 어느 해에는 케니 버렐Kenny Burrell과 B. B. 킹B. B. King 사이를 방황했고, 어느 해에는 래리 코리엘Larry Coryell과 짐 홀Jim Hall 사이에서 방황했다.

그녀가 어떻게 나 다음으로 그런 남자를 선택했는지 이해할 수 없었다. 분명히 한 사람 한 사람 속에는 경향이라는 것이 존재할 것이다. 그가 나보다 뛰어난 점은 기타를 칠 수 있다는 것뿐이고, 내가 그보다 뛰어난 점은 설거지를 할 수 있다는 것뿐이다. 대개의 기타리스트는 설거지를 하지 않는다. 손가락을 다치게 되면 존재 이유가 사라져버리기 때문이다.

그다음에 나는 그녀와의 섹스에 대해서 생각했다. 그리고 심심풀이로, 4년 동안 결혼생활을 하면서 몇 번 정도 섹스를 했는지 계산해보았다. 그러나 결국 나온 숫자는 부정확한 숫자였고, 부정확한 숫자는 나에게 특별한 의미가 없었다. 일기를 써두어야만 했던 것이다. 적어도 수첩에 표시만이라도 해두었어야 했다. 그렇게 했으면 4년 동안 내가 한 섹스의 횟수를 정확하게 파악할 수 있었을 것이다. 내게 필요한 것은 정확하게 숫자로 나타낼 수 있는 현실성이다.

헤어진 아내는 섹스에 대한 정확한 기록을 갖고 있었다. 일기를 쓰고 있었던 것은 아니다. 그녀는 초경이 있던 해부터 대학노트에 생리에 대해 아주 정확하게 기록하고 있었는데 거기에는 참고 자료로서 섹스에 대한 기록도 포함되어 있었다. 대학노트는 전부 여덟 권이었는데 그녀는 그것을 소중한 편지와 사진과 함께 잠글 수 있는 서랍에 보관했다. 그녀는 누구에게도 그것을 보여주지 않았다. 그녀가 섹스에 대해서 어느 정도 기록했는지 나는 알 수 없다. 그녀와 헤어져버린 지금에 와서는 영원히 알 수 없는 것이다.

　"만약 내가 죽으면" 하고 그녀는 자주 말하곤 했다. "저 노트는 태워줘. 석유를 듬뿍 뿌려서 완전히 태우고 난 뒤 땅에 묻어줘. 한 글자라도 보면 절대로 용서하지 않을 거야."

　"하지만 난 내내 당신과 자고 있잖아. 몸의 구석구석까지 웬만한 건 다 알고 있어. 새삼스럽게 뭘 부끄러워하는 거야?"

　"세포는 한 달마다 바뀌는 거야. 이러고 있는 이 순간에도 말이야." 그녀는 가냘픈 손등을 내 눈앞에 내밀었다. "당신이 알고 있다고 생각하는 것의 대부분은 나에 대한 단순한 기억에 지나지 않아."

　그녀는—이혼하기 한 달 전을 제외하면—그처럼 야무지게 사물을 파악하는 여자였다. 그녀는 인생에 있어서의 현실성이라는 것을 정말 정확히 파악하고 있었다. 다시 말해서 한 번 닫은 문은 다시는 열 수 없는데, 그렇다고 해서 모든 것을 열어둘 수 없다는 원칙이었다.

내가 지금 그녀에 대해서 알고 있는 것은 그녀에 대한 단순한 기억에 지나지 않는다. 그리고 그 기억은 쓸모없게 된 세포처럼 자꾸자꾸 멀어져가는 것이다. 그리고 나는 그녀와 한 섹스의 정확한 횟수조차도 모른다.

양 박사 등장

이튿날 아침 8시에 눈을 뜨자, 우리는 옷을 입고 엘리베이터를 타고 내려와 근처의 찻집에 들어가서 모닝 서비스를 먹었다. 돌고래 호텔에는 레스토랑도 커피숍도 없다.

"어제도 말했듯이 우리는 분담해서 행동하는 거야"라고 말하며 나는 양의 사진을 그녀에게 건네주었다. "나는 이 사진의 배경에 찍혀 있는 산을 단서로 삼아 장소를 찾아보겠어. 당신은 양을 키우고 있는 목장을 중심으로 찾아보라고. 방법은 알겠지? 어떤 사소한 힌트라도 좋아. 무턱대고 홋카이도를 헤매고 다니는 것보다는 그래도 나을 테니까."

"문제없어, 내게 맡겨."

"그럼 저녁에 호텔에서 만나자고."

"너무 걱정하지 마"라고 그녀는 말하면서 선글라스를 썼다. "아마 간단히 찾을 수 있을 테니까."

"그랬으면 좋겠는데"라고 나는 말했다.

그러나 세상일은 그렇게 수월하게 돌아가는 게 아니었다. 나는 도청 관광과에 갔고, 여러 관광 안내소와 관광 회사며 등산 협회를 찾아갔고, 관광과 산에 인연이 있음 직한 곳은 모조리 돌아다녔다. 그러나 누구 하나 사진에 찍힌 산을 본 기억이 있다는 사람은 없었다.

"아주 평범한 모양의 산이군요"라고 그들은 말했다. "게다가 사진에 찍혀 있는 부분이 일부라서 말이지요."

내가 온종일 돌아다니며 얻은 결론이라면 단지 그것뿐이었다. 다시 말해서 어지간히 특징이 있는 산이 아닌 한 일부분만을 보고 알아맞히기는 어렵다는 거였다.

나는 도중에 서점에 들어가 홋카이도 전도全圖와 《홋카이도의 산》이라는 책을 샀다. 그리고 찻집에 들어가 진저에일을 두 병 마시면서 읽어보았다. 홋카이도에는 믿을 수 없을 정도로 많은 산이 있고, 모든 산이 비슷한 색깔에 비슷한 모양이었다. 쥐의 사진에 찍힌 산과 책에 실린 사진 속의 산을 하나씩 비교해보았는데 10분 정도 하고 나니 머리가 지끈거리기 시작했다. 게다가 무엇보다도 책의 사진에 찍혀 있는 산의 숫자는 홋카이도의 산 전체로 보면 극히 일부인 것이다. 더구나 같은 하나의 산이라도 보는 각도를 바꾸면 완전히 느낌이 달라져버린다는 사실도 알았다. "산은 살아 있습니다"라고 필자는 그 책의 서문에 쓰고 있었다. "산은 그것을 보는 각도, 계절, 시각 또는 보는 사람의 기분 하나에도 그 모습을 싹 바꾸어버리는 법입니다. 따라서 우리는 항상 산의 일부분, 아주 하찮은 일부분만 파악하고 있다고 인식하는 것이 중요합니다."

맙소사, 라고 나는 소리 내어 말했다. 그리고 다시 한번 쓸데없다고 생각된 일에 착수하여, 5시를 알리는 종소리를 듣고는 공원의 벤치에 앉아서 비둘기와 함께 옥수수를 뜯어먹었다.

여자 친구 쪽의 정보수집 작업 상황은 나보다는 조금 나았지만 헛수고로 끝난 건 마찬가지였다. 우리는 돌고래 호텔 뒤에 있는 식당에서 조촐한 식사를 하면서 오늘 하루 서로에게 일어났던 일에 대한 이야기를 주고받았다.

"도청의 축산과에서는 거의 아무것도 모르던데"라고 그녀는 말했다. "요컨대 양은 이제는 버림받은 동물이더라고. 양을 키워도 수지가 맞지 않는 거야. 적어도 대량 사육, 방목이라는 형태로는 말이지."

"그렇다면 적은 만큼 찾아내기 쉽다고 할 수도 있겠네."

"그게 그렇지만도 않아. 면양의 사육이 활발히 이루어지고 있다면 독자적인 조합 활동도 있을 테고, 그 나름대로 제대로 된 루트를 관청에서도 파악할 수 있겠지만, 지금과 같은 상황에서는 중소 면양 사육자의 실태를 도무지 파악할 수 없다는 거지. 모두 고양이나 개를 기르듯이 제멋대로 조금씩 양을 키우고 있는 실정이거든. 일단은 파악되어 있는 면양 업자의 주소를 서른 개 정도 적어왔지만, 4년 전의 자료라서 그동안 이동이 꽤 있었을 거야. 일본의 농업 정책은 3년마다 어지럽게 변했으니까."

"맙소사" 하고 나는 혼자서 맥주를 마시면서 한숨을 내쉬었다. "아무래도 꽉 막힌 것 같군. 홋카이도에는 백 개 이상의 비슷한 산이 있고, 면양 업자의 실태에 대해선 전혀 모른다니."

"아직 하루밖에 지나지 않았잖아. 모든 것은 이제 시작인데."

"네 귀는 이제 메시지를 받아들이지 못하는 거야?"

"메시지는 당분간은 오지 않아." 그녀는 그러면서 생선조림을 집어 먹고 된장국을 마셨다.

"까닭은 모르지만 스스로 그걸 느낄 수 있어. 즉 메시지가 오는 것은 내가 뭔가 망설이고 있을 때라든가, 정신적인 기아감 飢餓感을 느끼고 있을 때로 한정되는데 지금은 그렇지 않거든."

"정말 물에 빠져 허우적거릴 때만 로프가 나타난다는 건가?"

"맞아. 나는 지금 당신과 이렇게 하고 있는 것만으로도 충분히 만족하고 있고, 만족스러울 때에는 메시지는 오지 않지. 그러니까 우리는 스스로 양을 찾을 수밖에 없어."

"잘 모르겠는데"라고 나는 말했다. "현실적으로 우리는 몰리고 있는 거야. 만약에 양을 찾아내지 못한다면 우리는 아주 곤란한 입장에 처하게 되는 거라고. 어떤 곤란한 입장인지는 나도 잘 모르지만, 그 친구들이 우리를 곤경에 몰아넣는다면, 그건 진짜로 곤란한 입장일 거야. 그 친구들은 프로거든. 설사 선생이 죽는다고 하더라도 조직은 남을 테고, 그 조직은 일본 전국에 하수도처럼 널리 퍼져 있어서, 우리를 곤란한 입장에 몰아넣으려고 하겠지. 어처구니없는 일이라고는 생각하지만, 어쨌든 그렇게 되고 말 거야."

"꼭 〈인베이더〉* 같지 않아?"

"어처구니없다는 점에서는 그렇지. 어쨌든 우리는 말려들어 버린 건데, 내가 우리라고 말하는 것은 나와 당신을 가리키는 거야. 처음에는 나 혼자였지만 도중에 당신이 끼어들었지. 이래도 익사 직전이라고 할 수 없을까?"

---

* 1960년대 말 방영된 미국 SF 시리즈.

"어머, 이런 일이 난 좋아. 모르는 사람과 잔다든지 귀를 내놓고 플래시를 터뜨린다든지, 인명사전의 교정을 보는 일들보다는 훨씬 좋아. 생활이란 바로 이런 거 아니겠어?"

"요컨대"라고 나는 말했다. "당신은 지금 익사 직전이 아니며 따라서 로프도 오지 않는다 이거군."

"그런 셈이지. 우리는 우리 힘으로 양을 찾아야 해. 아마 나도 당신도 그렇게 만만치는 않을걸."

그럴지도 모른다.

우리는 호텔로 돌아가서 성교를 했다. 나는 성교라는 말을 아주 좋아한다. 그것은 뭔가 한정된 형태의 가능성을 연상케 한다.

*

그러나 우리는 삿포로에서의 사흘째와 나흘째도 하릴없이 보냈다. 우리는 8시에 일어나서 모닝 서비스를 먹고 헤어져서 하루를 보내고, 저녁이 되면 식사를 하면서 정보를 교환하고, 호텔로 돌아가서는 성교를 하고 잤다. 나는 낡은 테니스화를 버리고 새 운동화를 사서 신고, 몇백 명이나 되는 사람들에게 사진을 보여주며 돌아다녔다. 그녀는 관공서나 도서관의 자료를 근거로 면양 사육 업자의 긴 명단을 만들어 일일이 전화를 걸었다. 그러나 얻은 건 없었다. 아무도 산을 알아보지 못했고, 어느 면양 사육 업자도 등에 별 모양이 있는 양에 대해서는 알지 못했다. 한 노인은 전쟁 전에 사할린에서 이런 산을 본 기억이 있다고 했지만, 나는 쥐가 사할린까지 갔다고는 생각할 수 없었다. 뿐만 아니라 사할린에서 도쿄까지 속달로 편지를 보낼 수도 없는 일이다.

그렇게 닷새째와 엿새째가 지나가고, 10월이 우리 곁으로 다가왔다. 햇살만은 따뜻했지만 바람은 약간 차가워져, 나는 저녁이 되면 얇은 면으로 된 스포츠용 점퍼를 껴입었다. 삿포로의 거리는 넓고 지겨울 정도로 직선적이었다. 나는 그때까지 직선으로만 구성된 거리를 걸어다니는 일이 얼마나 사람을 마모시키는지를 몰랐던 것이다.

나는 확실히 마모되어 갔다. 나흘째에는 동서남북의 방향 감각이 소멸했다. 동쪽의 반대가 남쪽인 것 같은 느낌이 들기 시작해서 나는 문방구에서 자석을 샀다. 자석을 가지고 돌아다니자 거리는 자꾸자꾸 비현실적인 존재로 바뀌어갔다. 건물은 촬영소의 무대배경처럼 보이기 시작했고, 길 가는 사람들은 판자를 도려낸 것처럼 평면적으로 보이기 시작했다. 태양은 밋밋한 대지의 한쪽에서 떠올라 대포알처럼 넓은 하늘에 활 모양을 그리며 한쪽으로 졌다.

나는 하루에 커피를 일곱 잔이나 마셨고, 한 시간마다 소변을 보았다. 그리고 조금씩 식욕을 잃어갔다.

"신문에 광고를 내보면 어떨까?"라고 그녀가 제안했다. "당신 친구에게 연락해달라고 말이야."

"나쁘지 않군" 하고 나는 말했다. 효과가 있을지 없을지는 제쳐놓고라도 아무것도 안 하는 것보다는 훨씬 나았다.

나는 네 군데의 신문사를 돌아다니며 이튿날 조간에 세 줄짜리 광고를 내달라고 했다.

> 쥐, 연락 바람
> 지급*!!
> 돌핀 호텔 406호

그리고 그 뒤 이틀 동안 나는 호텔방에서 전화를 기다렸다. 전화는 그날 중에 세 통이 걸려왔다. 한 통은 "쥐가 무엇을 의미하느냐?"는 한 시민으로부터의 문의 전화였다. "친구의 별명입니다"라고 나는 대답했다.

그는 만족해하며 전화를 끊었다.

---

* 至急, 매우 급하다는 뜻의 통신 용어.

또 한 통은 장난전화였다.

"찍찍" 하고 전화 속의 상대방은 소리를 냈다. "찍찍."

나는 전화를 끊었다. 정말 도시라는 데는 기묘한 곳이다.

나머지 한 통은 지독하게 가냘픈 목소리의 여자로부터 온 전화였다.

"다들 저를 쥐라고 불러요"라고 그녀는 말했다. 멀리에 있는 전선이 바람에 흔들리고 있는 것 같은 느낌의 목소리였다.

"수고스럽게 전화해주셔서 감사합니다만, 제가 찾고 있는 사람은 남자거든요"라고 나는 말했다.

"아마 그럴 거라고 생각했어요"라고 그녀는 말했다. "하지만 어쨌든 저도 쥐라고 불리고 있거든요. 그래서 일단 전화하는 편이 나을 것 같아서……."

"정말 감사합니다."

"아니요, 뭘요. 그분은 찾으셨나요?"

"아직입니다" 하고 나는 말했다. "유감이지만."

"저라면 좋았을 텐데…… 하지만 결국 제가 아니라."

"글쎄 말입니다. 유감입니다."

그녀는 가만히 있었다. 그동안 나는 새끼손가락 끝으로 귀 뒤를 긁었다.

"사실은 당신과 이야기를 해보고 싶었어요"라고 그녀는 말했다.

"나와?"

"잘은 모르지만, 오늘 아침 신문광고를 보고 나서 줄곧 망설였어요. 당신에게 전화하면 필시 폐가 될 것 같아서……."

"그럼 당신이 쥐라고 불리고 있다는 것도 거짓말인가요?"

"그래요"라고 그녀는 말했다. "아무도 나를 쥐라고 부르지는 않아요. 원래 친구가 없거든요. 그래서 누군가와 이야기를 하고 싶어서."

　나는 한숨을 쉬었다. "하지만 어쨌든 고맙습니다."

"미안해요. 홋카이도 분이신가요?"

"도쿄입니다"라고 나는 말했다.

"도쿄에서 친구를 찾으러 오셨군요?"

"그렇습니다."

"몇 살이나 되신 분이지요?"

"갓 서른이 되었습니다."

"당신은요?"

"두 달만 있으면 서른입니다."

"독신?"

"그렇습니다."

"저는 스물둘이에요. 나이를 먹으면 여러 가지 일이 편해지는 걸까요?"

"글쎄요"라고 나는 말했다. "모르겠는데요. 편해지는 일도 있고, 그렇지 않은 일도 있고."

"식사라도 하면서 천천히 이야기를 나눌 수 있으면 좋겠는데."

"미안하지만, 계속 여기서 전화를 기다려야 하기 때문에."

"그렇군요"라고 그녀는 말했다. "여러 가지로 죄송합니다."

"어쨌든 전화 주셔서 고맙습니다."

그리고 전화가 끊겼다.

곰곰이 생각해보니, 고단수의 매춘 권유 전화인 것 같기도 했다. 아니면 액면 그대로 고독한 여자의 전화였을지도 모른다. 나로서는 어느 쪽이든 마찬가지였다. 결국 실마리는 없다.

다음 날 걸려온 전화는 한 통뿐이었는데 "쥐에 관한 일이라면 나한테 맡겨두세요"라는 머리가 좀 이상한 남자에게서 걸려온 전화였다. 그는 15분에 걸쳐서 시베리아 억류 중에 쥐와 싸운 이야기를 해주었다. 꽤 재미있는 이야기였지만 단서가 되지는 않았다.

나는 창가에 놓인, 스프링이 튀어나오기 직전인 의자에 앉아 전화벨 소리가 나길 기다리면서 건너편 빌딩 3층에 있는 회사의 근무 상황을 온종일 바라보고 있었다. 하루 종일 바라보고 있어도 어떤 회사인지 통 알 수 없었다. 회사에는 열 명가량의 사원이 있고, 농구의 시소게임*처럼 계속 사람들이 들락날락하고 있었다. 누군가가 누군가에게 서류를 건네주고, 누군가가 거기에 도장을 찍고, 다른 누군가가 봉투에 그것을 넣고 밖으로 뛰어나갔다. 점심시간에는 가슴이 커다란 여사원이 모두에게 차를 끓여주었고, 오후에는 몇 사람인가가 커피를 시켜 마셨다. 그래서 나도 커피가 마시고 싶어져 프런트 직원에게 전화 메모를 부탁해놓고 근처의 찻집에서 커피를 마신 다음 나온 김에 캔 맥주를 두 개 사가지고 돌아왔다. 돌아와보니 회사의 사람이 네 명으로 줄었다. 가슴이 큰 여사원은 젊은 사원과 시시덕거리고 있었다. 나는 맥주를 마시면서 그녀를 중심으로 회사의 활동 상황을 바라보았다.

그녀의 가슴은 보면 볼수록 비정상적으로 크게 느껴졌다. 필시 금문교의 와이어로프 같은 브래지어를 하고 있을 것이다. 몇 사람의 젊은 사원은 그녀와 자고 싶은 듯했다. 두 장의 유리창과 길 하나를 사이에 두고 그들의 성욕이 나에게 전달되어 왔다. 다른 사람의 성욕을 느낀다는 것은 기묘한 일이다. 그러는 사이에 그것이 나 자신의 성욕인 것 같은 착각에 사로잡혀버렸다.

* 두 편의 득점이 서로 번갈아 접전을 벌이는 일.

5시가 되어 그녀가 빨간 원피스로 갈아입고 돌아가버리자, 나는 창의 커튼을 닫고 텔레비전에서 하는 〈벅스 버니〉[*]의 재방송을 보았다. 돌고래 호텔에서의 여드레째는 그렇게 해서 저물어갔다.

*

"맙소사"라고 나는 말했다. 맙소사, 라는 말은 차츰 내 입버릇처럼 되어갔다. "벌써 한 달의 3분의 1이 지났고, 게다가 우리는 아무것도 한 일이 없어."

"그러네"라고 그녀는 말했다. "정어리는 잘 지내고 있을까?"

우리는 저녁 식사 후에 돌고래 호텔의 로비에 있는 질이 좀 떨어지는 오렌지색 소파 위에서 쉬고 있었다. 우리 말고는 손가락이 세 개인 그 프런트 직원이 있을 뿐이었다. 그는 사다리를 타고 올라가 전구를 바꾸기도 하고 유리창을 닦기도 하고 신문을 정리하기도 했다. 우리 이외에도 몇 사람의 숙박 손님은 있을 텐데 다들 그늘에 자리한 미라처럼 소리 없이 방에 틀어박혀 있는 모양이다.

[*] 영악하고 장난기 많은 토끼 캐릭터로 최고 인기를 누린 미국의 코믹 애니메이션.

"하시는 일은 잘 되십니까?" 하고 프런트 직원이 화분에 물을 주면서 조심스럽게 내게 물었다.

"그다지 잘 풀리지 않는데요"라고 나는 말했다.

"신문에 광고를 내셨던 모양이지요?"

"그래요"라고 나는 말했다. "유산 상속 관계로 사람을 찾고 있답니다."

"유산 상속요?"

"네. 그런데 상속인이 행방불명이라서."

"그렇군요" 하고 그는 납득했다. "재미있어 보이는 직업이군요."

"그렇지도 않아요."

"하지만 어딘지 《백경白鯨》과 비슷한 운치가 있어요."

"백경?" 하고 나는 말했다

"그렇습니다. 무언가를 찾는 일은 재미있는 작업입니다."

"매머드라든가?" 하고 내 여자 친구가 물었다.

"그렇지요. 무엇이든 마찬가지지요"라고 프런트 직원은 말했다. "제가 여기를 돌핀 호텔이라고 이름 붙인 것도, 실은 멜빌의 《백경》에 나오는 돌고래 때문이랍니다."

"저, 그렇다면" 하고 나는 말했다. "차라리 고래 호텔이라고 했으면 좋았을 텐데."

"고래는 그다지 이미지가 좋지 않거든요"라고 유감스러운 듯이 그는 말했다.

"돌고래 호텔이란 정말 멋진 이름이에요"라고 여자 친구가 말했다.

"정말 고맙습니다"라고 프런트 직원은 싱긋 웃으며 말했다. "이렇게 오래 머무시는 것도 무슨 인연인 것 같아서 감사의 뜻으로 포도주라도 대접하고 싶은데요?"

"고맙습니다"라고 그녀는 말했다.

"정말 고맙군요"라고 나도 말했다.

그는 안쪽 룸으로 들어가더니 잠시 후 차게 한 백포도주와 잔 세 개를 가지고 나왔다.

"자, 건배하실까요. 저는 근무 중이긴 하지만 형식적으로라도."

"그러죠"라고 우리는 말했다.

그리고 우리는 포도주를 마셨다. 그다지 고급은 아니지만 상쾌한 느낌의 좋은 맛이 나는 포도주였다. 잔도 포도 무늬가 들어 있는 꽤 괜찮은 것이었다.

"《백경》을 좋아하시나 봐요?"라고 나는 물어보았다.

"네, 그래서 어렸을 때부터 뱃사람이 되려고 했죠."

"그런데 지금은 호텔을 경영하고 계시는군요?"라고 그녀가 물었다.

"보시다시피 손가락을 잃었거든요"라고 남자는 말했다. "실은 화물선의 짐을 내리다가 손가락이 끼였습니다."

"저런" 하고 그녀는 말했다.

"그때는 눈앞이 캄캄했어요. 그래도 인생이란 알 수 없는 것인가 봅니다. 지금은 그럭저럭 이렇게 호텔을 하나 갖게 되었습니다. 보잘것없는 호텔이기는 합니다만, 그런대로 꾸려나가고 있습니다. 이래 봬도 벌써 10년이 되었죠."

그렇다면 그는 단순한 프런트 직원이 아니라, 지배인인 것이다.

"최고로 훌륭한 호텔이에요"라고 그녀가 칭찬했다.

"정말 고맙습니다"라고 지배인은 말하며, 우리의 잔에 두 잔째 포도주를 따라주었다.

"하지만 10년치고는 뭐랄까, 건물에 운치가 있군요?"라고 나는 생각난 듯이 물어보았다.

"네, 이건 전쟁 후 얼마 안 돼서 지어졌거든요. 조그마한 인연이 있어서 싼값으로 사들일 수 있었습니다."

"호텔 전에는 대체 무엇으로 쓰였었나요?"

"홋카이도 면양 회관이라고 해서, 면양에 관한 여러 가지 사무와 자료를……."

"면양?" 하고 나는 말했다.

"양이지요"라고 남자가 말했다.

*

"이 건물은 1967년까지 홋카이도 면양 협회가 소유하고 있었는데, 도내의 면양 사업이 부진했기 때문에 문을 닫게 된 거예요" 하고 남자는 말하며 포도주를 한 모금 마셨다. "그 당시에 관장으로 있던 사람이 실은 저의 아버지였거든요. 아버지는 당신께서 애착을 갖고 있던 면양 회관의 문을 닫게 된 걸 애석하게 여기셔서 면양에 관한 자료를 보존한다는 조건 아래, 이 건물과 땅을 비교적 싼값으로 협회로부터 불하받으셨던 거지요. 그래서 지금도 이 건물의 2층은 전부 면양 자료실로 쓰이고 있답니다. 하긴 자료라고 해도 오래된 것들이라 아무 소용도 없지만, 말하자면 노인의 취미 같은 것이고 나머지 부분을 제가 호텔로 운용하고 있는 겁니다."

"우연이군" 하고 나는 말했다.

"우연이라니요?"

"실은 내가 찾고 있는 인물이 양과 관계가 있거든요. 단서라면 그가 보내온 한 장의 양 사진뿐이랍니다."

"그래요?"라고 그는 말했다. "괜찮으시다면 좀 볼 수 있을까요?"

나는 주머니에서 수첩에 끼워놓은 양의 사진을 꺼내 남자에게 건네주었다. 남자는 카운터에서 안경을 가져다가 뚫어지게 사진을 바라보았다.

"이건 눈에 익은데요"라고 그는 말했다.

"본 적이 있나요?"

"틀림없어요." 남자는 그렇게 말하고 전등 밑에 세워두었던 사다리를 가져다가 반대쪽 벽에 세우고, 천장 가까이에 걸려 있던 액자를 떼어가지고 사다리를 내려왔다. 그리고 액자에 수북이 쌓인 먼지를 걸레로 닦아내고 나서 우리에게 그것을 건네주었다.

"이것과 똑같은 풍경 아닌가요?"

액자 자체도 꽤 낡은 것이었지만 그 속의 사진은 더욱 낡아 갈색으로 변색되어 있었다. 그 사진에도 역시 양이 찍혀 있었다. 전부 60마리 정도는 될 것이다. 울타리가 있고 자작나무 숲이 있고 산이 있었다. 자작나무 숲의 모양은 쥐의 사진과 생판 달랐지만, 배경의 산은 틀림없이 같은 산이었다. 사진의 구도까지 완전히 똑같았다.

"이런, 이런." 나는 그녀에게 말했다. "우리는 매일 이 사진 밑을 지나다니고 있었던 거야."

"그러니까 돌고래 호텔로 해야 한다고 그랬잖아"라고 그녀는 대수롭지 않은 듯이 말했다.

"자, 그러면" 하고 나는 한숨 돌리고 나서 남자에게 물었다. "이 풍경의 장소가 어디지요?"

"모르겠는데요"라고 남자는 말했다. "이 사진은 면양 회관 시절부터 줄곧 같은 자리에 걸려 있었습니다."

"그래요?"라고 나는 말했다.

"하지만 알 수 있는 길은 있지요."

"어떻게?"

"우리 아버지에게 여쭤보세요. 아버지는 2층 방에 기거하고 계세요. 거의 2층에만 틀어박혀 줄곧 양에 관한 자료를 읽고 계신답니다. 저는 벌써 보름 가까이 뵙지 못했는데 식사를 문 앞에 가져다두면 30분 후에는 비어 있으니까, 살아 계신 것만은 틀림없는 것 같습니다."

"아버님께 여쭤보면 이 사진의 장소를 알 수 있을까요?"

"아마 알 수 있을 겁니다. 조금 전에도 말씀드렸지만 아버지는 면양 회관의 관장으로 계셨고, 양에 관한 일이라면 무엇이든 알고 계시거든요. 세상 사람들에게 양 박사라고 불릴 정도니까요."

"양 박사"라고 나는 말했다.

양 박사 많이 먹고 많이 이야기하다

양 박사의 아들인 돌고래 호텔 지배인의 이야기에 따르면 양 박사의 이제까지의 인생은 결코 행복하지 않았다.

"아버지는 1905년에 센다이의 무사 가문의 장남으로 태어나셨습니다"라고 아들은 말했다. "서기西紀로 얘기해도 괜찮을까요?"

"그럼요"라고 나는 말했다.

"특별히 유복한 것은 아니었지만 웬만큼 전답도 있고, 예전에는 쇼다이가로*까지 지낸 가문입니다. 막부 시대 말기에는 고명한 농학자農學者도 배출했지요."

---

* 城代家老, 에도 시대에 성주인 다이묘가 부재중일 때 일체의 정치를 도맡은 중신.

양 박사는 어려서부터 학업 성적이 뛰어나 센다이에서는 모르는 사람이 없는 신동이었다. 학업뿐만 아니라 바이올린 연주에도 뛰어나 중학교 시절에는 센다이를 찾은 어느 황족 앞에서 베토벤 소나타를 연주해 금시계를 하사받은 적도 있었다.

가족들은 그가 법률을 전공해 그쪽 방면으로 나가길 바랐는데, 양 박사는 단호히 거절했다.

"법률에는 흥미 없습니다"라고 젊은 양 박사는 말했다.

"그렇다면 음악가의 길을 걷는 것도 괜찮겠지"라고 그의 부친은 말했다. "집안에 음악가가 한 사람쯤 있는 것도 나쁘지 않아."

"음악에도 흥미 없습니다"라고 양 박사는 말했다.

침묵이 얼마 동안 흘렀다.

"그럼" 하고 부친이 입을 열었다. "너는 어떤 길을 가고 싶다는 거냐?"

"농업에 흥미가 있습니다. 농정農政을 공부하고 싶습니다."

"좋다"라고 작은 소리로 부친은 말했다. 그렇게 말하지 않을 수 없었던 것이다. 양 박사는 고분고분하고 온순한 성격이었지만, 한번 고집을 부리기 시작하면 절대로 굽히지 않는 타입의 청년이었다. 부친조차도 참견할 수 없었다.

다음 해에 양 박사는 희망대로 도쿄제국대학 농학부에 입

학했다. 그의 신동으로서의 재능은 대학에 가서도 수그러들지 않았다. 누구나, 교수들조차도 그의 실력을 인정했다. 학업 성적은 여전히 범상치 않았으며, 인격적으로도 훌륭했다. 요컨대 한 점 나무랄 데 없는 엘리트였다. 나쁜 데에도 물들지 않고 틈만 나면 책을 읽었으며 책에 싫증이 나면 대학 교정에 나가 바이올린을 켰다. 학생복 주머니에는 항상 금시계가 들어 있었다.

대학을 수석으로 졸업한 그는 슈퍼 엘리트로서 농림성農林省에 들어갔다. 그의 졸업논문 주제는 간단히 말하면 본국과 조선과 대만을 일체화한 광역적인 계획농업화에 관한 것이었는데, 이것은 약간 이상주의적으로 흐르는 경향이 있었지만 당시엔 꽤 화제를 불러일으켰다.

양 박사는 2년간 농림성에서 열심히 공부한 후, 조선 반도로 건너가 벼농사에 관한 연구를 했다. 그리고 〈조선 반도에서의 도작稻作에 관한 시안〉이라는 리포트를 제출하여 채택되었다.

1934년에 양 박사는 도쿄로 불려가 육군의 젊은 장관에게 소개되었다. 장관은 장차 중국 대륙 북부에서의 군의 대규모 전개에 대비해 양모羊毛의 자급자족 태세를 확립해달라고 말했다. 그것이 양 박사와 양의 첫 만남이었다. 양 박사는 본국과 만주와 몽고에서의 면양 증산 계획을 마무리 지은 다음에 현지 시찰을 위하여 이듬해 봄 만주로 건너갔다. 그의 전략은 거기서부터 시작되었다.

1935년 봄은 평온한 가운데 지나갔다. 사건이 일어난 것은 7월이었다. 양 박사는 혼자서 말을 타고 훌쩍 면양 시찰을 나간 채 행방불명이 되어버린 것이다.

사흘이 지나고 나흘이 지나도 양 박사는 돌아오지 않았다. 군인들도 합세한 수색대가 필사적으로 황야를 찾아다녔으나, 그의 모습은 아무 데서도 찾아볼 수 없었다. 사람들은 이리 떼의 습격을 당했거나 도적 떼에게 끌려갔을 거라고 생각했다. 그런데 일주일이 지나서 사람들이 완전히 단념했을 무렵, 양 박사는 몹시 초췌한 모습으로 해 질 녘의 캠프로 돌아왔다. 얼굴은 홀쭉하게 여위고 군데군데 상처를 입었는데 눈만은 반짝반짝 빛나고 있었다. 게다가 말도 없고 금시계도 없어졌다. 길을 잃은 데다 말이 다쳤다고 그는 설명했고, 사람들은 그 말을 듣고 상황을 이해했다.

그런데 그로부터 한 달 정도 지나자 관청에서 기묘한 소문이 떠돌기 시작했다. 그가 양과 '특수한 관계를 가졌다'는 소문이었다. 그러나 그 '특수한 관계'라는 것이 도대체 무엇을 의미하는지는 아무도 몰랐다. 그래서 상사가 그를 방으로 불러들여 사실을 추궁하게 되었다. 식민지 사회에서는 소문을 무시할 수 없는 것이다.

"당신이 양과 특수한 관계를 가졌다는 게 사실인가?"라고 상사는 물었다.

"사실입니다"라고 양 박사는 대답했다.

다음은 두 사람이 주고받은 대화다.

Q : 특수한 관계란 성행위를 가리키는가?

A : 그렇지 않습니다.

Q : 설명해주기 바란다.

A : 정신적 행위입니다.

Q : 그건 설명이 아니네.

A : 적당한 말이 생각나지 않습니다만 교령交靈에 가까운 행위가 아닐까 합니다.

Q : 자네는 양과 교령했다는 건가?

A : 그렇습니다.

Q : 행방불명되었던 일주일 동안 양과 교령하고 있었다는 건가?

A : 그렇습니다.

Q : 그것은 직무 이탈이라고 생각하지 않는가?

A : 양에 대한 연구가 저의 직무입니다.

Q : 교령은 연구사항이라고는 인정하기 어렵다. 앞으로
는 삼가주기 바라네. 자네는 도쿄제국대학 농학부를
우수한 성적으로 졸업하고 이곳에 들어온 후에도 뛰
어난 근무 성적을 기록하고 있지. 말하자면 장래 동
아시아의 농정을 짊어져야 할 인물이네. 그것을 인
식해야만 하네.

A : 알겠습니다.

Q : 교령에 대해서는 잊어버리게. 양은 가축일 뿐이야.

A : 잊어버린다는 것은 불가능합니다.

Q : 상황을 좀 더 설명해보게.

A : 양이 제 속에 있기 때문입니다.

Q : 설명이 안 되네.

A : 이 이상의 설명은 불가능합니다.

1936년 2월 양 박사는 본국으로 소환되어 몇 차례인가 똑
같은 질문을 받은 다음, 그해 봄에는 농림성 자료실에 배속되
었다. 자료 목록을 만든다든지 책장 정리를 하는 일이었다. 요
컨대 그는 동아시아의 농정의 중추에서 추방된 것이다.

"양은 내 속에서 사라져버렸어"라고 당시 양 박사는 가까운 친구에게 말했다. "하지만 그것은 전에는 내 속에 있었던 거야"라고.

1937년 양 박사는 농림성을 그만두고, 이전에 그가 그 중심적 역할을 맡았던 일본, 만주, 몽고의 면양 300만 마리 증식 계획을 이용해 농림성의 민간 융자금을 받아 홋카이도로 건너가서 양치기가 되었다. 양 56마리.

1939년   양 박사 결혼. 양 128마리.

1942년   장남 출생(현재의 돌고래 호텔 지배인). 양 181마리.

1946년   양 박사의 면양 목장, 미 점령군의 연습장으로 접수되다. 양 62마리.

1947년   홋카이도 면양 협회 근무.

1949년   부인 폐결핵에 걸려 사망.

1950년   홋카이도 면양 회관 관장 취임.

1960년   장남 오타루항에서 손가락 절단.

1967년   홋카이도 면양 회관 폐관.

1968년   '돌핀 호텔' 개업.

1978년   젊은 부동산 업자, 양의 사진에 대해서 질문.
　　　　　―나를 가리키는 것이다.

*

"맙소사"라고 나는 말했다.

*

"아버님을 꼭 만나 뵙고 싶군요"라고 나는 말했다.

"만나시는 것은 상관없습니다. 하지만 아버지는 저를 싫어하시니까, 죄송하지만 두 분께서만 가주셔야겠습니다"라고 양 박사의 아들은 말했다.

"싫어하신다고요?"

"제가 손가락이 두 개 없는 데다 머리가 벗어지고 있기 때문이지요."

"그러세요"라고 나는 말했다. "좀 별난 분이신 것 같군요."

"아들인 제가 이런 말 하는 건 좀 뭐하지만, 아닌 게 아니라 별난 어른이죠. 아버지는 양과 인연을 맺으면서부터 완전히 사람이 달라지셨어요. 아주 까다롭고 가끔씩은 잔인해지십니다. 하지만 사실은 마음 깊은 곳에 정이 많은 어른이랍니다. 바이올린 연주를 들으면 그걸 알 수 있어요. 양이 아버지에게 상처를 준 겁니다. 그리고 양은 아버지를 통해 제게도 상처를 주고 있지요.”

“아버님을 좋아하시는군요?”라고 그녀가 물었다.

“네, 그래요. 좋아합니다”라고 돌고래 호텔의 지배인은 말했다. “하지만 아버지는 저를 싫어하세요. 태어나서 한 번도 안겨본 적이 없답니다. 따뜻한 말을 해주신 적도 없고요. 제가 손가락을 잃고 머리가 벗어지고부터는 그 일로 저를 늘 괴롭히신답니다.”

“아마 괴롭히실 마음은 없으실 거예요”라고 그녀가 위로했다.

“내 생각도 그래요”라고 나는 말했다.

“고맙습니다”라고 지배인은 말했다.

“우리가 직접 가도 만나주실까요?”라고 나는 물어보았다.

“모르지요”라고 지배인은 대답했다. “하지만 두 가지만 조심하면 만나주실 겁니다. 하나는 양에 관해 질문할 게 있다고 솔직하게 말하는 겁니다.”

“또 한 가지는?”

“저한테서 이야기를 듣고 왔다는 말을 하지 않는 겁니다.”

“그렇군요”라고 나는 말했다.

우리는 양 박사의 아들에게 고맙다는 인사를 하고 계단을 올라갔다. 계단 위는 썰렁하고 공기는 습했다. 전등은 밝지 않았고, 복도 구석에는 먼지가 쌓여 있었다. 오래된 종이 냄새와 체취가 주변에 감돌고 있었다. 우리는 긴 복도를 걸어가 아들이 일러준 대로 막다른 곳에 있는 낡은 문을 노크했다. 문 위에는 '관장실'이라는 낡은 플라스틱 팻말이 붙어 있었다. 대답이 없었다. 나는 다시 한번 노크해보았다. 역시 대답이 없었다. 세 번째로 노크했을 때 안에서 사람의 볼멘소리가 들렸다.

"시끄러워"라고 남자가 말했다. "시끄러워!"

"양에 대해 여쭤보려고 왔습니다."

"똥이나 처먹어라" 하고 양 박사가 안에서 고함을 질렀다. 일흔셋이라는 나이치고는 쩌렁쩌렁한 목소리였다.

"꼭 만나 뵙고 싶습니다"라고 나는 문 너머로 소리쳤다.

"양에 대해서 할 얘기는 아무것도 없어. 멍청한 놈아"라고 양 박사가 말했다.

"하지만 이야기해야만 합니다"라고 나는 말했다. "1936년에 없어진 양에 대해서 말입니다."

잠시 침묵이 흐르고 문이 세차게 열렸다. 양 박사가 우리 앞에 서 있었다.

양 박사의 머리카락은 길고 눈처럼 새하얬다. 눈썹도 흰 데다가 고드름처럼 눈을 덮고 있었다. 키는 165센티미터가량이고 몸은 꼿꼿하다. 골격은 굵고 콧날은 얼굴 한복판에서 스키 점프대 같은 각도로 도전적으로 앞으로 튀어나와 있다.

온 방 안에 체취가 감돌고 있었다. 아니, 그것은 체취라고도 할 수 없었다. 그것은 어느 지점을 넘어서고부터는 체취임을 포기하고 시간과 빛과 어우러지고 있었다. 넓은 방에는 오래된 책과 서류가 쌓아 올려져 바닥은 거의 보이지 않았다. 책은 대부분이 외국어로 쓰인 학술서로 하나같이 얼룩투성이였다. 오른쪽 창가에는 때로 꾀죄죄한 침대가 있었고, 정면의 창 앞에는 거대한 마호가니 책상과 회전의자가 있었다. 책상 위는 비교적 깨끗하게 정리되어 있었고, 서류 위에는 양 모양의 유리 문진이 놓여 있었다. 전등은 어둡고, 먼지를 뒤집어쓴 스탠드만이 책상 위에 60와트의 불빛을 던지고 있었다.

양 박사는 회색 셔츠와 검은색 카디건을 입고, 모양이 거의 없어져버린 두꺼운 헤링본 바지를 입고 있었다. 회색 셔츠와 검은색 카디건은 광선의 정도에 따라 흰 셔츠와 회색 카디건으로도 보였다. 원래는 그런 색이었는지도 모른다.

양 박사는 책상 너머의 회전의자에 앉아서 손가락으로 우리에게 침대에 앉으라고 지시했다. 우리는 지뢰밭을 벗어나는 것처럼 책을 피해 침대까지 다가가 거기에 앉았다. 내 리

바이스 청바지가 영원히 시트에 달라붙어버리는 건 아닐까 하고 생각될 정도로 지저분한 침대였다. 양 박사는 책상 앞에 앉아 깍지를 낀 채 뚫어지게 우리를 바라보고 있었다. 손가락 마디에까지 검은 털이 나 있었다. 손가락의 검은 털은 눈부실 정도의 백발과 기묘한 대조를 이루고 있었다.

그다음 양 박사는 전화를 집더니, 수화기에다 대고 "빨리 밥 가져와" 하고 고함을 질렀다.

"그런데"라고 양 박사는 말했다. "너희는 1936년에 없어진 양의 이야기를 하러 왔다고?"

"그렇습니다"라고 나는 말했다.

"흠" 하고 그는 말했다. 그리고 큰 소리를 내며 휴지로 코를 풀었다. "무슨 말을 하고 싶은 건가? 아니면 뭘 물어보고 싶은 건가?"

"양쪽 모두입니다."

"그럼, 먼저 말을 해보지."

"1936년 봄에 박사님에게서 달아난 양의 그 후 행적에 대해 알고 있습니다."

"흠" 하고 양 박사는 콧소리를 내었다. "내가 42년 동안 모든 걸 내던지고 찾아다닌 것에 대해 자네가 알고 있다는 얘긴가?"

"알고 있습니다"라고 나는 말했다.

"엉터리일지도 모르지."

나는 주머니에서 은제 라이터와 쥐가 보내온 사진을 꺼내 책상 위에 놓았다. 그는 털이 난 손을 내밀어 라이터와 사진을 집어 들고는 스탠드 불 밑에서 오랫동안 살펴보았다.

침묵이 입자粒子처럼 오랫동안 방 안을 떠다녔다. 육중한 이중 유리창이 도시의 소음을 차단하고, 찌잉찌잉 하는 낡은 전기스탠드 소리만이 침묵의 무게를 두드러지게 하고 있었다.

노인은 라이터와 사진을 살펴보고 나더니 딱 소리를 내며 스탠드의 스위치를 끄고, 굵은 손가락으로 두 눈을 비볐다. 그 행동은 마치 눈알을 두개골 속으로 밀어 넣으려는 것처럼 보였다. 손가락을 떼었을 때 눈은 토끼처럼 붉게 충혈되어 있었다.

"미안하네"라고 양 박사는 말했다. "줄곧 멍청이들에게 둘러 싸여 있어서 사람을 믿을 수 없게 되어버렸다네."

"괜찮습니다"라고 나는 말했다.

여자 친구는 생긋 미소를 지었다.

"자네는 사념思念만이 존재하고 표현이 뿌리째 뽑힌 상태를 상상할 수 있는가?"라고 양 박사가 물었다.

"모르겠습니다"라고 나는 대답했다.

"지옥이지. 사념만이 소용돌이치는 지옥이야. 한 줄기의 빛도 없고 한 움큼의 물도 없는 땅속의 지옥이지. 그리고 그것이 지난 42년간의 내 생활이었네."

"양 때문이군요?"

"그렇지. 양 때문이지. 양이 나를 그런 곳에 버려둔 거야. 1936년 봄의 일이지."

"그래서 양을 찾기 위해서 농림성을 그만두셨군요?"

"공무원이란 원래가 모두 멍청이거든. 놈들은 사물의 진정한 가치 따위는 몰라. 놈들은 그 양이 지니는 의미의 중대함에 대해서도 영원히 알 수 없겠지."

그때 노크 소리가 나더니, "식사 가져왔습니다"라는 여자의 목소리가 들렸다.

"두고 가"라고 양 박사는 고함을 질렀다.

바닥에 쟁반을 놓는 소리가 나고, 그리고 발소리가 멀어져 갔다. 내 여자 친구가 문을 열고 식사를 양 박사의 책상까지 가져다주었다. 쟁반 위에는 양 박사를 위해서 수프와 샐러드와 롤빵과 고기완자가, 우리를 위해서는 커피 두 잔이 놓여 있었다.

"자네들 밥은 먹었는가?"라고 양 박사가 물었다.

"먹었습니다"라고 우리는 말했다.

"무얼 먹었지?"

"송아지고기 와인 조림" 하고 나는 말했다.

"구운 새우"라고 그녀가 말했다.

"그래?"라고 양 박사는 말했다. 그러고 나서 수프를 먹고, 수프 위에 띄워져 있던 빵 조각을 질겅질겅 씹었다. "미안하지만 식사를 하면서 이야기해야겠네. 배가 고파서 말이야."

"어서 드십시오"라고 우리는 말했다.

양 박사는 수프를 들이켜고 우리는 커피를 마셨다. 양 박사는 수프 접시를 뚫어지게 들여다보면서 수프를 마셨다.

"그 사진을 찍은 곳이 어딘지 아십니까?"라고 내가 물었다.

"알지. 잘 알아."

"가르쳐주실 수 없을까요?"

"가만있어 봐"라고 양 박사는 말하고 나서 빈 수프 접시를 옆으로 치웠다. "일에는 순서라는 것이 있어. 먼저 1936년의 이야기를 하지. 우선 내가 말하겠네. 그러고 나서 자네가 말하게."

나는 고개를 끄덕였다.

"간단하게 설명하면" 하고 양 박사가 말했다. "양이 내 속으로 들어온 것은 1935년 여름이야. 나는 만주와 몽고의 국경 근처에서 방목에 대해 조사를 하던 중에 길을 잃었는데, 우연히 눈에 띈 동굴에 들어가서 하룻밤을 보냈지. 꿈속에 양이 나타나서 내 속에 들어가도 좋으냐고 물어보는 거야. 나는 좋다고 했지. 그때 나는 대수롭지 않은 일이라고 생각했거든. 어쨌든 꿈이라는 걸 빤히 알고 있었고 말이야." 노인은 킥킥 웃으며 샐러드를 먹었다. "그것은 이제까지 본 적이 없는 종류의 양이었어. 나는 직업상 전 세계의 양을 전부 알고 있었는데, 그건 정말 특별한 양이었지. 뿔이 기묘한 각도로 구부러져 있고, 다리는 땅딸막하게 굵고, 눈의 색깔은 샘물처럼 투명했지. 털은 새하얗고, 등에 별 모양의 갈색 털이 나 있었지. 그런 양은 아무 데도 없어. 그래서 나는 주저하지 않고 그 양에게 내 몸속으로 들어와도 좋다고 한 거야. 양 연구자로서도 그런 진귀한 종류의 양을 놓치고 싶지 않았거든."

"양이 몸속으로 들어온다는 것은 대체 어떤 느낌이죠?"

"특별한 건 없네. 그저 양이 있다고 느끼는 것뿐이지. 아침에 일어나서 느끼는 거야. 양이 내 속에 있다고 말이야. 아주 자연스런 느낌이지."

"두통을 경험하신 적은?"

"태어나서 한 번도 없어."

양 박사는 고기완자에 소스를 골고루 묻혀서 입 속에 집어넣고 우물거렸다. "양이 사람의 몸속으로 들어간다는 것은 중국 북부, 몽고 지역에서는 그다지 드문 일은 아니라네. 그 사람들 사이에서는 양이 체내에 들어온다는 것은 신의 은총이라고 여겨지고 있지. 예를 들어서 원元나라 시대에 출판된 어떤 책에는 칭기즈칸의 체내에는 '별을 짊어진 백양'이 들어가 있었다고 쓰여 있지. 어때, 재미있지?"

"재미있습니다."

"사람의 체내에 들어갈 수 있는 양은 죽지 않는다고 여겨지고 있다네. 그리고 양을 체내에 가지고 있는 사람 역시 죽지 않는다는 거야. 그러나 양이 달아나버리면, 그 불사성不死性도 상실되는 거지. 모든 것은 양에 달린 거네. 양은 마음에 들면 몇십 년이라도 같은 데에 있고, 마땅찮으면 휙 나가버리지. 양이 달아나버린 사람들은 보통 '양이 빠져나간 사람'이라고 불리는데, 즉 나 같은 사람을 가리키는 거네."

우물우물.

"나는 양이 내 몸속에 들어오고 나서부터 줄곧 양에 관한 민속학이라든가 전승을 연구하기 시작했네. 현지 사람들의 이야기를 듣기도 하고 오래된 책을 뒤져보기도 했지. 그러던 중 사람들 사이에 내 속에 양이 들어왔다는 소문이 퍼지고 그것이 내 상사의 귀에까지 들어가게 됐다네. 내 상사는 그것이 마음에 들지 않았던 거지. 그리고 나는 '정신착란'이라는 딱지가 붙여져 본국으로 소환되었어. 이른바 식민지병이라는 거지."

양 박사는 고기완자를 세 개나 먹어치우고 나서 롤빵을 먹기 시작했다. 옆에서 보고 있는 것만으로도 기분 좋을 정도의 식욕이었다.

"근대 일본의 본질을 이루는 어리석음은, 우리가 아시아의 다른 민족과의 교류에서 무엇 하나 제대로 배우지 않았다는 거네. 양에 대해서도 역시 마찬가지지. 일본에서의 면양 사육이 실패한 이유는 그것이 단지 양모 식육의 자급자족이라는 관점에서만 파악되었기 때문이고, 생활에서의 사상이라는 것이 결여되어 있었던 거네. 시간을 따로 떼어 결론만을 효율적으로 훔쳐내려고 한 거야. 모든 일이 그래. 다시 말해서 발이 땅에 닿아 있지 않은 거지. 전쟁에 지는 것도 무리는 아니야."

"그 양도 일본까지 함께 왔겠군요?" 하고 나는 이야기를 원점으로 되돌렸다.

"그렇지"라고 양 박사는 말했다. "부산에서 배로 돌아왔어. 양도 함께 따라왔지."

"양의 목적은 대체 무엇이었을까요?"

"모르지"라고 양 박사는 내뱉듯이 말했다. "그걸 알 수 없다네. 양은 내게는 아무것도 일러주지 않았거든. 하지만 놈에게는 뭔가 거대한 목적이 있었지. 그것만은 나도 알 수 있었어. 인간과 인간의 세계를 변화시킬 만한 거대한 계획 말이야."

"그것을 한 마리의 양이 하려고 했다는 말씀이십니까?"

양 박사는 고개를 끄덕이며 한 조각 남은 롤빵을 입 속에 마저 쑤셔 넣더니 탁탁 손을 털었다.

"놀랄 거 없네. 칭기즈칸이 했던 일을 생각해보라고."

"그건 그렇네요"라고 나는 말했다. "하지만 왜 이제 와서, 더구나 이 일본을 양이 택했을까요?"

"아마 내가 양을 깨우고 만 걸 거야. 양은 몇백 년 동안 그 동굴 속에서 잠자고 있었겠지. 그걸 내가, 바로 내가 깨운 거지."

"선생님 탓은 아닙니다"라고 나는 말했다.

"아니네"라고 양 박사는 말했다. "내 탓이야. 좀 더 일찍 그것을 알아차렸어야 했어. 그랬으면 나도 손을 쓸 수 있었을 텐데. 그런데 나는 알아차리기까지 시간이 너무 오래 걸렸어. 내가 깨달았을 때 양은 이미 달아나버린 뒤였다네."

양 박사는 입을 다물고 고드름 같은 흰 눈썹을 손가락으로 문질렀다. 42년이라는 시간의 무게가 그의 몸 구석구석에까지 배어들어 있는 것 같았다.

"어느 날 아침 눈을 떠보니 이미 양의 자취는 없었어. 그제야 비로소 나는 '양이 빠져나간 사람'이라는 것이 어떠한 것인지 이해할 수 있었네. 한마디로 지옥이야. 양은 사념만을 남겨두고 간 거야. 그러나 양 없이는 그 사념을 방출할 수 없어. 그것이 '양이 빠져나간 사람'이라는 거지."

양 박사는 다시 한번 휴지로 코를 풀었다. "자, 이번에는 자네가 이야기할 차례네."

나는 양 박사를 떠난 뒤의 양의 행적에 대해 이야기를 했다. 양이 옥중의 우익 청년의 체내에 들어갔다는 것. 그는 출옥하여 곧 우익의 거물이 되었고 중국 대륙으로 건너가 정보망과 재산을 쌓아 올렸다는 것. 전쟁 후 A급 전범이 되었으나, 중국 대륙에서의 정보망과 교환한다는 조건으로 석방되었다는 것. 대륙에서 가지고 돌아온 재산을 밑천으로 전후의 정치·경제·정보의 보이지 않는 부분을 장악했다는 것 등등.

"그 인물에 대해서 들은 적이 있지"라고 양 박사는 듣기 거북하다는 듯이 말했다. "양은 아무래도 적임자를 찾아낸 것 같군."
"그러나 금년 봄, 양은 그의 몸을 떠났습니다. 그 사람은 현재 의식불명이고 죽어가고 있습니다. 양이 줄곧 그의 뇌의 결함을 커버하고 있었던 것입니다."
"다행스런 일이야. '양이 빠져나간 사람'에게 있어서 어설픈 의식 따위는 차라리 없는 게 편하다네."
"왜 양은 그의 몸을 떠났을까요? 그처럼 오랜 세월에 걸쳐서 거대한 조직을 구축했는데."

양 박사는 깊은 한숨을 쉬었다. "자네는 아직도 모르겠나? 그 인물의 경우도 나와 마찬가지야. 이용 가치가 없어진 거지. 사람에게는 한계가 있고, 양은 한계에 이른 인간에게는 관심이 없어. 아마 그는 양이 진짜로 원하고 있는 것을 충분히 이해하지 못했겠지. 그의 역할은 거대한 조직을 구축하는 것이고, 그 역할이 끝나자 버림받은 거지. 마치 양이 나를 수송 수단으로 이용했듯이 말일세."

"그럼, 양은 그 뒤 어떻게 되었을까요?"

양 박사는 책상 위에서 양의 사진을 집어서 손가락으로 탁탁 쳤다. "온 일본을 헤맸겠지. 새로운 숙주를 찾아서 말이야. 아마 양은 그 새로운 인물을 어떻게 해서든 그 조직 위에 올려놓을 작정이었을 거네."

"양이 추구하고 있는 것은 무엇일까요?"

"아까도 말했듯이, 유감이지만 나는 그걸 말로 표현할 수 없다네. 양이 추구하고 있는 것은 양적¥的 사념의 구현이라고밖에는 말이야."

"그것은 선한 것일까요?"

"양적 사념에 있어서는 물론 선이지."

"선생님에게 있어서는?"

"몰라"라고 노인은 말했다. "정말 모르네. 양이 떠난 뒤에는 어디까지가 나고 어디까지가 양의 그림자인지, 그것조차도 알수 없네."

"선생님이 아까 손을 쓸 수 있었을 텐데, 라고 말씀하신 건무슨 뜻인가요?"

양 박사는 고개를 저었다. "나는 자네에게 그것을 말할 생각은 없네."

다시 침묵이 방 안을 뒤덮었다. 창밖엔 비가 엄청 쏟아지고 있었다. 삿포로에 와서 처음 내리는 비였다.

"마지막으로 그 사진의 장소를 가르쳐주세요"라고 나는 말했다.

"내가 9년 동안 살았던 목장이야. 거기서 양을 기르고 있었지. 전후에 곧 미군에게 징수되었다가 반환되었을 때 어느 부자에게 목장이 딸린 별장으로 팔았다네. 지금도 같은 주인이 소유하고 있을 거야."

"지금도 양을 기르고 있나요?"

"모르지. 하지만 그 사진을 보면 아무래도 지금도 기르고 있는 모양이군. 어쨌든 마을에서 떨어진 곳이라서 인가도 없어. 겨울에는 교통도 두절되지. 소유주가 쓰는 기간은 1년에 두세 달 정도일 걸세. 조용하고 좋은 곳이지만 말이야."

"사용하지 않을 때는 누가 관리하나요?"

"겨울에는 아마 아무도 없을걸. 나 말고는 그런 데서 한겨울을 지내고 싶어 하는 사람은 없을 테니까. 기슭에 있는 마을에서 운영하는 면양 사육장에 돈을 내고 위탁하면 양을 돌봐주거든. 지붕의 눈은 저절로 땅에 떨어지도록 설계되어 있고 도난당할 염려도 없지. 그런 산속에서 뭔가를 훔치더라도 마을까지 가지고 나오는 게 거의 불가능하지. 어쨌든 엄청난 양의 눈이 오니까 말이야."

"지금은 누가 있을까요?"

"글쎄, 지금은 없지 않을까. 이제 곧 눈이 내릴 테고, 곰은 겨울을 날 먹이를 찾아서 어슬렁거리며 돌아다니고 있을 테니…… 그곳에 갈 생각인가?"

"가게 될 것 같습니다. 가는 것 외에 이렇다 할 방법도 없으니까요."

양 박사는 잠깐 동안 가만히 입을 다물고 있었다. 입술 옆에 고기완자의 토마토소스가 묻어 있었다.

"실은 자네들 전에 또 한 사람이 그 목장에 대해서 물어보러 왔었네. 금년 2월이었던가. 나이는 글쎄, 자네와 비슷할까. 호텔 로비에 걸려 있던 사진을 보고 흥미를 느꼈다던가. 나도 마침 따분하던 참이어서 여러 가지를 가르쳐주었지. 소설 쓸 때 자료로 삼고 싶다고 하더군."

나는 주머니에서 나와 쥐가 함께 찍은 사진을 꺼내 양 박사에게 보여주었다. 1970년 여름에 제이스 바에서 J가 찍어준 사진이다. 나는 담배를 피우며 옆을 쳐다보고 있었고, 쥐는 카메라를 향해서 엄지손가락을 내밀고 있었다. 둘 다 젊고 햇빛에 새까맣게 타 있었다.

"한 사람은 자네군" 하고 양 박사는 스탠드 불을 켜고 사진을 바라보았다. "지금보다 젊군."

"8년 전 사진입니다"라고 나는 말했다.

"또 한 사람은 아마 그 사람일 거야. 좀 더 나이를 먹고 수염을 기르고 있었지만 틀림없어."

"수염?"

"콧수염은 깨끗하게 정리했지만 나머지는 손질하지 않고 그냥 기른 수염이었어."

나는 수염을 기른 쥐의 얼굴을 상상해보았으나 얼른 떠오르지 않았다.

양 박사는 목장까지 가는 자세한 지도를 그려주었다. 아사히가와 근처에서 지선支線으로 갈아타고, 세 시간가량 가면 기슭에 마을이 있으며, 그곳에서 목장까지 차로 다시 세 시간이 걸린다고 했다.

"여러 가지로 고맙습니다"라고 나는 말했다.

"나는 그 양에는 더 이상 말려들지 않는 것이 좋다고 생각하네. 내가 그 좋은 예지. 그 양에 말려들어 행복해진 사람은 아무도 없어. 왜냐하면 양의 존재 앞에서는 일개 인간의 가치관 따위는 아무런 힘도 가질 수 없기 때문이네. 그러나 어쨌든 자네에게도 여러 가지 사정이 있겠지."

"그렇습니다."

"조심하게"라고 양 박사는 말했다. "그리고 식기는 문밖에 내놓아주게."

안녕, 돌고래 호텔

우리는 하루 동안 출발 준비를 했다.

스포츠용품점에서 등산 장비와 휴대용 식료품을 준비했고, 백화점에서 두툼한 스웨터와 털양말을 샀다. 서점에서 그 부근의 5만분의 1 지도와 지역사에 관한 책을 샀다. 신발은 눈길을 걸을 수 있는 튼튼한 스파이크 슈즈로 했고, 속옷은 뻣뻣한 방한용 속옷으로 했다.

"이런 것은 내 직업에는 어울리지 않는 것 같아"라고 그녀는 말했다.

"눈 속에선 그런 생각을 할 여유도 없어질걸" 하고 나는 말했다.

"눈이 쌓이는 계절까지 있을 작정이야?"

"모르지. 하지만 10월 말이면 눈이 내리기 시작할 테고, 준비는 해두는 게 좋으니까. 무슨 일이 일어날지는 아무도 모르는 거야."

우리는 호텔로 돌아와서 짐을 큰 배낭에 넣고, 도쿄에서 가지고 온 나머지 짐은 하나로 정리해서 돌고래 호텔의 지배인에게 맡기기로 했다. 실제로 그녀의 백에 들어 있던 것은 거의 쓸데없는 짐이었다. 화장품 세트, 책 다섯 권과 카세트테이프 여섯 개, 원피스에 하이힐, 종이봉투에 하나 가득 들어있는 스타킹과 팬티, 티셔츠와 반바지, 여행용 자명종 시계, 스케치북과 24색 색연필, 편지지와 봉투, 목욕 수건, 소형 구급상자, 헤어드라이어, 면봉.

"왜 원피스와 하이힐 같은 걸 다 가지고 왔지?"라고 나는 물었다.

"혹시 파티 같은 게 있으면 곤란하잖아"라고 그녀는 말했다.

"파티 같은 게 있을 턱이 없잖아"라고 나는 말했다.

그러나 결국 그녀는 내 배낭 속에 똘똘 뭉친 원피스와 하이힐을 집어넣었다. 화장품은 근처의 상점에서 작은 여행용 세트로 바꿨다.

지배인은 기꺼이 짐을 맡아주었다. 나는 이튿날까지의 요금을 정산하고, 한두 주일이면 다시 돌아올 거라고 말했다.

"아버지에게 도움을 받으셨나요?"라고 지배인은 걱정스러운 듯이 물었다. 아주 많은 도움을 받았다고 나는 대답했다.

"나도 가끔 무언가를 찾을 수 있다면 하는 생각을 하곤 합니다. 하지만 그에 앞서 도대체 무얼 찾으면 되는 것인지 나 자신도 잘 모르는 겁니다. 저의 아버지는 줄곧 무엇인가를 찾으시던 어른이랍니다. 지금도 찾고 계시죠. 저도 어려서부터 계속 아버지의 꿈에 나타났던 흰 양에 대한 이야기를 들어왔지요. 그래서인지 인생이란 그런 것이구나, 라고 믿어버리게 된 겁니다. 무언가를 찾아다니는 것이 진짜 인생이라는 식으로 말이지요."

지배인이 말했다.

돌고래 호텔의 로비는 여느 때처럼 고요했다. 나이 든 청소부가 대걸레를 들고 계단을 오르내리고 있었다.

"하지만 아버지는 일흔셋이 되었는데도 양은 찾지 못하셨어요. 정말로 그것이 존재하는지조차도 저는 알 수 없습니다. 아버지 본인에게도 그다지 행복한 인생은 아니었던 것 같습니다. 저는 지금부터라도 아버지가 행복해지시기를 바라지만, 아버지는 저를 우습게 보시고 제 말은 하나도 들어주시지 않습니다. 그렇게 말하는 것도 제 인생에 목적이라는 것이 없기 때문이지요."

"하지만 돌고래 호텔이 있잖아요"라고 내 여자 친구가 다정하게 말했다.

"게다가 이제 아버님의 양을 찾는 작업도 일단락 지어졌을 겁니다"라고 내가 덧붙였다. "나머지 부분은 우리가 맡았으니까요."

지배인은 싱긋 웃었다.

"그렇다면 더 이상 할 말 없습니다. 우리는 이제부터 둘이서 행복하게 살 수 있을 겁니다."

"그렇게 되시기를 빕니다"라고 나는 말했다.

*

"정말 그 두 사람은 행복해질 수 있을까?" 잠시 후 단둘이 되었을 때 그녀가 내게 물었다.

"시간은 좀 걸릴지도 모르지만, 아마 잘될 거야. 어쨌든 42년 동안의 공백이 메워졌으니까. 양 박사의 역할은 끝났어. 그 뒤의 양의 행적은 우리가 찾아야만 한다고."

"그 부자, 어쩐지 마음에 들어."

"나도 그래."

짐을 정리하고 나서 우리는 성교를 했고, 그리고 거리로 나와 영화를 봤다. 영화 속에서도 많은 남녀가 우리와 마찬가지로 성교를 즐기고 있었다. 다른 사람의 성교 장면을 바라보는 것도 나쁘지 않은 것 같았다.

제8장_ 양을 쫓는 모험 Ⅲ

주니타키 마을의 탄생과 발전과 전락

삿포로에서 아사히가와로 향하는 이른 아침의 열차 속에서 나는 맥주를 마시면서 《주니타키*의 역사》라는 케이스에든 두툼한 책을 읽었다. 주니타키는 양 박사의 목장이 있는 작은 마을이다. 그다지 도움이 안 될지도 모르지만 읽어둬서 손해날 일은 없을 것 같다. 저자는 1940년 주니타키에서 출생, 홋카이도 대학 문학부를 졸업한 후에 향토사학자로서 활약하고 있다고 되어 있다. 활약하고 있는 것에 비해 저서는 이 책 한 권뿐이었다. 발행은 1970년 5월, 물론 초판이었다.

---

* 十二瀧, 일본어로 '열두 폭포'라는 의미.

책에 따르면, 현재의 주니타키 마을에 최초로 개척민이 발을 들여놓은 때는 메이지 13년(1880년) 초여름이었다. 총인원 열여덟 명 모두가 쓰가루의 소작농으로, 재산이라고는 얼마 되지 않는 농기구와 의류, 이불 그리고 가마솥, 식칼 정도가 고작이었다.

그들은 삿포로 근처에 있던 아이누* 부락에 들러 있는 돈 없는 돈을 몽땅 털어서 아이누 청년을 길 안내자로 고용했다. 그는 눈에 어두운 빛이 감도는 깡마른 청년으로, 아이누어로 '달의 참과 이지러짐'이라는 뜻의 이름을 가지고 있었다(아마도 조울증 증세가 있지 않았나 저자는 추측하고 있다).

그렇지만 길 안내에 관한 한, 이 청년은 보기보다는 훨씬 뛰어났다. 그는 말이 거의 통하지 않는 데다가 굉장히 의심이 많은 열여덟 명의 음침한 농민들을 이끌고 이시카리가와**를 따라 북상했다. 그는 어디로 가면 비옥한 땅을 찾을 수 있는가를 정확하게 알고 있었던 것이다.

나흘째 되는 날 일행은 그곳에 도착했다. 넓고 물도 쉽게 이용할 수 있고 일대에는 온통 아름다운 꽃들이 만발해 있었다.

"여기가 좋습니다"라고 청년은 만족스럽다는 듯이 말했다.

---

* 일본의 홋카이도와 러시아의 사할린, 쿠릴 열도 등지에 분포하는 소수민족.
** 홋카이도에 있는, 일본의 3대 강 중의 하나.

"짐승이 적고, 토지도 비옥하고, 연어도 잡혀요."

"아니야"라며 리더 격인 농부가 고개를 저었다. "좀 더 깊숙이 들어가는 것이 좋겠네."

농민들은 아마 좀 더 깊숙이 들어가면 더 좋은 땅을 찾아낼 수 있을 거라고 생각하는 모양이지, 하고 청년은 생각했다. 좋아, 그렇다면 더욱 깊숙이 들어가면 될 거 아닌가.

일행은 그 후 이틀 동안 북쪽을 향해서 걸어갔다. 그리고 첫 번째 땅보다는 덜 비옥하지만 홍수의 염려가 없는 고지대를 발견했다.

"어때요?"라고 청년이 물었다. "여기도 좋아요, 괜찮죠?"

농민들은 고개를 저었다.

그런 일을 몇 번인가 되풀이한 후에, 그들은 마침내 현재의 아사히가와에 도달했다. 삿포로부터 7일, 약 140킬로미터에 걸친 여정이다.

"여기는 어때요?"라고 별 기대 없이 청년은 물었다.

"아니야"라고 농민들은 대답했다.

"그렇지만 이제부터 산으로 가야 해요"라고 청년은 말했다.

"상관없어"라고 농민들은 즐겁다는 듯이 말했다.

그리고 그들은 시오카리 고개를 넘었다.

농민들이 비옥한 평야를 피해서 일부러 미개척된 오지를 찾고 있었던 데는 물론 그 나름대로의 까닭이 있었다. 실은 그들 모두 거액의 빚을 떼어먹고 야반도주나 다름없이 고향 마을을 떠났기 때문에 남의 눈에 띄기 쉬운 평야는 되도록 피해야만 했던 것이다.

물론 아이누 청년이 그런 사정을 알 리 없었다. 당연한 일이지만 그는 비옥한 땅을 거부하며 계속 북상하는 농민들의 모습을 보며 놀라고, 고뇌하고, 곤혹스러워하고, 혼란을 느끼고, 자신감을 상실했다.

그러나 청년은 상당히 복잡한 성격의 소유자였던지, 시오카리 고개를 넘을 무렵에는 농민들을 북으로 북으로 인도하는 이해할 수 없는 숙명에 완전히 동화되어 버렸다. 그래서 일부러 거친 길이나 위험한 늪지대를 골라 농민들을 기쁘게 해주었다.

시오카리 고개를 넘어서 나흘 동안 북쪽으로 나아가다가 일행은 동쪽에서 서쪽으로 흐르는 강을 만났다. 그리고 의논 끝에 동쪽으로 나아가기로 했다.

그것은 확실히 형편없는 땅이었고, 형편없는 길이었다. 그들은 바다처럼 우거진 얼룩조릿대를 헤치고, 키보다도 높은 풀밭을 반나절 동안 횡단하고, 가슴까지 흙탕물에 잠기는 습지를 가로지르고, 바위산을 기어올라가며 어쨌든 동쪽으로 나아갔다. 밤에는 강가에 천막을 치고 늑대 울음소리를 들으면서 잠을 이루었다.

손은 얼룩조릿대 때문에 피투성이가 되고, 파리매*와 모기는 아무 데나 가리지 않고 달라붙어 피를 빨아먹었다.

동쪽으로 나아간 지 닷새째 되는 날 산이 가로막고 있어 그들은 더 이상 앞으로 나아갈 수가 없었다. 도저히는 아니지만 앞으로 더 나아가면 사람은 살 수 없다고 청년은 선언했다. 그리하여 농민들은 마침내 걸음을 멈췄다. 1880년 7월 8일, 삿포로에서 260킬로미터 떨어진 곳이었다.

그들은 먼저 지형을 살펴보고 수질, 토질을 조사한 다음 그곳이 그런대로 농경에 적합하다는 사실을 알아냈다. 그리고 각 가정에 땅을 할당하고 나서 그 중심에 통나무로 공동 오두막을 세웠다.

아이누 청년은 마침 근처에 사냥 나와 있던 한 무리의 아이누족에게, "이곳의 지명이 어떻게 되지요?"라고 물어보았다. "이런 별 볼 일 없는 땅에 이름이 있을 리 없잖소"라고 그들은 대답했다.

---

* 몸 길이 2.5~2.8cm의 벌과 비슷한 곤충. 다른 곤충을 잡아먹고 살며 한국·일본 등지에 분포한다.

그런 까닭에 이 개척지에는 그 후로도 얼마 동안 이름조차 없었다. 사방 60킬로미터 안에 인가가 없는 (혹 있었다고 해도 서로 왕래를 원치 않는) 부락에 이름 따위는 애당초 필요하지 않았다. 메이지 21년(1888년)에 도청의 관리가 와서 개척민 전원의 호적을 만들며 부락에 이름이 없는 것은 곤란하다고 했지만, 개척민들은 아무도 곤란 같은 걸 느끼지 않았다. 곤란은커녕 개척민들은 낫이나 괭이를 들고 공동 오두막에 모여 '부락에는 이름을 붙이지 않는다'라는 결의까지 했다. 관리는 할 수 없이 부락 옆을 흐르는 강에 열두 개의 폭포가 있었던 데서 '주니타키 부락'이라고 이름 지어 도청에 보고하고, 그 후에 '주니타키 부락(후에 주니타키 마을)'은 이 취락의 정식 명칭이 되었다. 그러나 물론 이것은 훨씬 뒤의 이야기다. 메이지 14년(1881년)으로 되돌아가자.

땅은 약 60도 각도로 벌어진 두 개의 산 사이에 끼어 있고, 그 한가운데를 시냇물이 깊은 골짜기가 되어 가로질러 흐르고 있었다. 아닌 게 아니라 별 볼 일 없는 광경이었다. 지표에는 조릿대가 휘감겨 있고, 거대한 침엽수가 땅 밑에 뿌리를 뻗고 있었다. 늑대라든가 사슴, 곰이라든가 들쥐, 크고 작은 온갖 새들이 많지 않은 나뭇잎과 고기와 물고기를 찾아서 일대를 어슬렁거리고 있었다. 파리와 모기는 정말 많았다.

"당신들, 정말로 여기서 살 건가요?"라고 아이누 청년은 물어보았다.

"물론" 하고 농민들은 대답했다.

이유는 잘 모르지만 아이누 청년은 태어난 고향으로 돌아가지 않고 그대로 개척민들과 함께 그 땅에 머물렀다. 아마도 호기심 때문이었을 거라고 저자는 추측하고 있었다(저자는 실로 자주 추측을 했다). 아무튼 만약 그가 없었다면 개척민들이 무사히 그 겨울을 넘길 수 있었을지 아주 의문스럽다.

청년은 개척민들에게 겨울철에 채소 구하는 법, 눈을 막는 법, 얼어붙은 냇물에서 물고기 잡는 법, 겨울잠을 자기 전의 곰을 내쫓는 법을 가르쳐주었다. 풍향에 의한 날씨의 변화에 대해서도 알려주었고, 동상을 방지하는 법, 얼룩조릿대의 뿌리를 맛있게 굽는 법, 침엽수를 일정한 방향으로 잘라서 넘어뜨리는 요령도 가르쳐주었다. 그리하여 사람들은 청년을 인정하게 되고, 청년도 자신감을 찾게 되었다. 그는 후에 개척민의 딸과 결혼하여 세 아이를 두었고 일본식 이름을 갖게 되었다. 그는 이미 그때 '달의 참과 이지러짐'이 아니었다.

그러나 아이누 청년의 그와 같은 분투에도 불구하고, 개척민들의 생활은 아주 형편없었다. 8월에는 한 가족씩 오두막에서 살게 되었는데, 세로로 쪼갠 통나무를 쌓아 올려 지은 집이었기에 겨울에는 눈보라가 사정없이 들이쳤다. 아침에 일어나면 머리맡에 한 자나 눈이 쌓여 있는 일도 그다지 드문 일이 아니었다. 이불도 대개는 한 집에 한 채씩밖에 없어 남자들은 불을 지피고 그 앞에서 거적을 두르고 잤다. 가지고 있던 식량이 떨어지자, 사람들은 민물고기라든가 눈을 파헤쳐 검게 변한 머위나 고비를 찾아내 먹었다. 유달리 혹독한 겨울이었지만 한 사람도 죽지 않았다. 다툴 일도 울 일도 없었다. 타고난 가난만이 그들의 무기였다.

봄이 왔다. 두 아이가 태어나 부락의 인구는 스물한 명이 되었다. 임산부는 출산 두 시간 전까지 들에서 일했고, 이튿날에는 벌써 밭에 나와 있었다. 새 밭에는 옥수수와 감자를 심고, 남자들은 나무를 베고 뿌리를 태워 황무지를 개간했다. 새 생명이 싹트고 싱싱한 열매가 맺혀, 사람들이 후유 하고 한숨을 돌릴 무렵에 메뚜기 떼가 몰려왔다.

메뚜기 떼는 산을 넘어서 왔다. 처음에 그것은 거대한 먹구름처럼 보였다. 다음에 부웅 하는 땅울림이 있었다. 도대체 무슨 일이 일어나려고 하는 건지 아무도 몰랐다. 아이누 청년만이 그것을 알고 있었다. 그는 남자들에게 밭 여기저기에 불을 피우라고 했다. 있는 세간을 깡그리 가져다가 석유를 몽땅 들어부어 불을 붙였다. 그리고 여자들에게는 냄비를 가지고 와서 방망이로 힘껏 두들기라고 했다. 그는(뒤에 누구나가 인정했듯이) 할 수 있는 일은 다했던 것이다. 그러나 모든 게 허사였다. 몇십만 마리의 메뚜기는 밭에 몰려와 작물을 실컷 먹어치우며 밭을 망쳐놓았다. 나중에는 아무것도 남지 않았다.

메뚜기 떼가 사라져버리자 청년은 밭에 엎드려 울었다. 농민들은 아무도 울지 않았다. 그들은 죽은 메뚜기를 한데 모아 태우고 곧 개간 일을 다시 시작했다.

사람들은 또 민물고기와 고비와 머위를 먹으며 겨울을 났다. 그리고 봄에 세 아이가 태어났고 사람들은 밭에 작물을 심었다. 여름에 다시 메뚜기 떼가 몰려와 작물을 송두리째 쓸어갔다. 아이누 청년은 이번에는 울지 않았다.

메뚜기의 습격은 3년 만에 끝났다. 장마가 메뚜기 알을 부패시켰기 때문이다. 그러나 장마가 너무 길었던 탓에 작물이 피해를 입었다. 다음 해에는 풍뎅이가 이상발생異常發生을 했고, 그다음 해 여름에는 냉해를 입었다.

나는 거기까지 읽고는 책을 덮고 캔 맥주를 하나 더 마시고, 가방 속에서 연어알 덮밥 도시락을 꺼내서 먹었다.

그녀는 맞은편 자리에서 팔짱을 끼고 잠들어 있었다. 창으로 들어오는 가을의 아침 햇살이 그녀의 무릎에 엷은 빛의 천을 살짝 덮어주고 있었다. 어딘가에서 들어온 작은 나방이 바람에 나부끼는 종잇조각처럼 나풀나풀 떠돌고 있었다. 나방은 이윽고 그녀의 가슴 위에 앉아 잠깐 쉬다가 또 어디론가 날아가버렸다. 나방이 날아가버린 뒤에 그녀는 아주 조금 더 늙어 보였다.

나는 담배를 한 개비 피우고 나서 책을 펴고 《주니타키의 역사》를 계속 읽기 시작했다.

6년째가 되어서야 드디어 개척촌은 활기를 띠기 시작했다. 작물은 열매를 맺고 오두막은 개량되었으며, 사람들은 한랭지에서의 생활에 익숙해져갔다. 통나무 오두막집을 널빤지로 튼튼하게 다시 정비했고 부뚜막을 만들었으며 석유등을 매달았다. 사람들은 얼마 안 남은 작물과 민물고기 말린 것과 사슴뿔을 배에 싣고 이틀에 걸쳐 도시로 운반해 소금과 의류와 기름을 샀다. 몇몇 사람은 개간할 때 벤 나무에서 숯 굽는 법을 터득했다. 강 하구에는 몇 개의 비슷한 촌락도 생겨 교류를 하게 되었다.

개척이 진행됨에 따라 일손 부족이 심각한 문제가 되어, 사람들은 회의를 열어 이틀 동안 의논한 끝에 고향 마을에서 몇 사람을 불러오기로 결정했다. 문제는 빚이었는데, 편지로 살짝 알아보았더니 빚쟁이 쪽은 완전히 단념한 것 같다는 회답이 왔다. 그래서 가장 나이 많은 농민이 고향 마을의 몇몇 옛 친구에게 이리로 와서 함께 개간을 해보지 않겠느냐는 편지를 보냈다. 메이지 21년(1888년), 호적 조사가 실시되고 도청 관리에 의해 부락에 주니타키 부락이라는 이름이 붙여진 것도 바로 그해다.

다음 해에 여섯 가족, 열아홉 명의 새 개척민이 부락으로 왔다. 그들은 보수된 공동 오두막에서 살게 되었고, 사람들은 눈물을 흘리며 재회를 기뻐했다. 새 주민들은 각자 땅을 배당받아 전에 있던 주민들의 협력 아래 밭을 일구고 집을 지었다.

메이지 25년(1892년)에는 네 가족, 열여섯 명이 왔다. 메이지 29년(1896년)에는 일곱 가족, 스물네 명이 왔다. 이와 같이 주민은 계속 불어났다.

공동 오두막은 확장되어 어엿한 집회소가 되었으며 그 옆에는 작은 신사神社도 만들어졌다. 주니타키 부락은 주니타키 마을로 바뀌었다. 사람들의 주식은 여전히 기장밥이었지만 가끔은 거기에 흰 쌀도 섞이게 되었다. 부정기적이기는 했지만 우체부도 모습을 보이게 되었다.

물론 불쾌한 일이 없는 건 아니었다. 관리가 이따금 나타나 세금 징수와 징병을 했다. 그것을 특히 불쾌하게 느낀 사람은 아이누 청년(그는 그 무렵 벌써 삼십 대 중반이 되어 있었다)이었다. 그는 납세나 징병의 필요성을 도저히 이해할 수 없었던 것이다.

"아무래도 옛날이 더 좋았던 것 같아"라고 그는 말했다.

그래도 마을은 계속 발전해나갔다.

메이지 35년(1902년)에는 마을 가까이에 있는 고원이 목초지로 적합하다는 사실이 밝혀져, 거기에 마을에서 운영하는 면양 목장이 만들어졌다. 도청에서 관리가 나와 울타리 두르는 법과 물 끌어오는 법, 목사牧舍 건축 방법 등을 가르쳐주었다. 이어서 강가의 길이 죄수들에 의해 정비되고 나서 얼마 후 정부가 거의 무상에 가까운 값으로 불하한 양 떼가 그 길로 왔다. 농민들은 왜 정부가 그처럼 자기들에게 친절을 베풀어주는지 도무지 영문을 알 수 없었다. 많은 사람들은 이제까지 어지간히 고생을 했으니 어쩌다 좋은 일도 있는 거라고 생각했다.

물론 정부는 친절한 마음에서만 농민에게 양을 불하한 것은 아니다. 장래의 대륙 진출에 대비해 방한용 양모의 자급을 목적한 군부가 정부를 부추겼고, 정부가 농상무성農商務省에 면양 사육의 확대를 명했다. 그래서 농상무성이 홋카이도 도청에 그 일을 강제로 떠맡긴 것뿐이었다. 러일 전쟁이 임박해오고 있었던 것이다.

마을에서 면양에 가장 흥미를 가졌던 사람은 아이누 청년이었다. 그는 도청의 관리에게 면양 사육법을 배워 목장의 책임자가 되었다. 그가 무슨 이유로 그처럼 양에 흥미를 가지게 되었는지는 잘 모른다. 아마도 인구 증가에 따라 갑자기 복잡하게 얽히기 시작한 집단생활에 제대로 적응하지 못했던 탓이리라.

목장에 온 것은 사우스다운 서른여섯 마리와 슈롭셔 스물한 마리 그리고 보더콜리 개 두 마리였다. 아이누 청년은 얼마 안 가서 유능한 양치기가 되었고, 양과 개는 해마다 계속 불어났다. 아이누 청년은 양과 개를 진정으로 사랑하게 되었다. 관리는 만족했다. 강아지들은 우량 목양견牧羊犬으로 각지의 목장으로 인수되어 갔다.

러일 전쟁이 시작되자 마을에서는 다섯 명의 청년이 징병되어 중국 대륙의 전선으로 보내졌다. 그들 다섯 명은 모두 같은 부대에 배속되었는데, 낮은 언덕을 놓고 서로 공방전을 벌일 때 적의 포탄이 부대의 우측에서 폭파해, 두 명이 죽고 한 명이 왼팔을 잃었다. 전투는 사흘 후에 끝났는데, 나머지 두 명이 여기저기 흩어져 있는 죽은 고향 사람들의 뼈를 주워 모았다. 그들은 모두 첫 번째와 두 번째로 마을에 합류한 사람들의 아들이었다. 전사자 중의 한 사람은 양치기가 된 아이누 청년의 장남이었다. 그들은 양모로 만들어진 군용 외투를 입은 채 죽었다.

"무엇 때문에 남의 나라까지 가서 전쟁 같은 걸 하는 거죠?" 하고 아이누인 양치기는 사람들에게 물으며 돌아다녔다. 그때 그는 벌써 마흔다섯 살이었다.

아무도 그의 물음에 대답해주지 않았다. 그 후 아이누인 양치기는 마을을 떠나 목장에 틀어박혀서 양과 함께 살게 되었다. 아내는 5년 전에 폐렴이 악화되어 죽었고 나머지 두 딸도 이미 출가했다. 마을에선 양을 돌보는 대가로 그에게 어느 정도의 급료와 식량을 주었다.

그는 아들을 잃고 나서는 완전히 까다로운 노인이 되었는데 예순두 살에 죽었다. 양 돌보는 일을 거들어주던 소년이 어느 겨울날 아침, 우리의 바닥에 쓰러져 있는 그의 시체를 발견했다. 동사凍死였다. 처음 그곳에 왔던 보더콜리의 손자뻘 되는 개 두 마리가 그의 시체 양쪽에서 절망적인 눈을 하고 코를 킁킁거리고 있었다. 양들은 아무것도 모른 채 울타리 안에 깔린 풀을 뜯어먹고 있었다. 양들의 이가 맞부딪치는 딱딱거리는 소리가 조용한 우리 안에서 마치 캐스터네츠 합주처럼 울려 퍼졌다.

주니타키의 역사는 여전히 계속되고 있었지만, 아이누 청년에 대한 역사는 거기서 끝났다. 나는 화장실에 가서 캔 맥주 두 개만큼의 소변을 보았다. 자리에 돌아와보니 그녀는 잠에서 깨어 창밖의 풍경을 멍하니 바라보고 있었다. 창밖으로는 논이 펼쳐져 있었다. 가끔 사일로*도 보였다. 강이 가까이 왔다가는 다시 사라져갔다. 나는 담배를 피우면서 풍경과 그 풍경을 바라보고 있는 그녀의 옆얼굴을 잠깐 동안 바라보았다. 그녀는 한마디도 하지 않았다. 나는 담배를 다 피우고 나서 다시 책으로 눈길을 돌렸다. 철교의 그림자가 책장 위에서 아른거렸다.

양치기 노인이 되어 죽은 불운한 아이누 청년의 이야기가 끝나버리자, 그 뒤의 역사는 너무나 따분했다. 고창鼓脹**으로 어느 해에 열 마리의 양이 죽은 일, 냉해로 벼농사가 일시적으로 타격받은 일을 제외하면 마을은 순조롭게 계속 발전해 다이쇼***에는 읍으로 승격했다. 마을은 풍요로워졌고 더욱더 정비되어 갔다. 초등학교가 지어지고 사무소가 생기고 우체국

---

* 곡식·마초 등을 저장하는 탑 모양의 건축물.
** 되새김질 동물에게 생기는 병으로, 갑자기 가스가 많이 발생하여 배가 불룩해짐.
*** 일본 다이쇼 천황 시대의 연호(1912~1926년)

출장소도 생겼다.

홋카이도의 개척은 거의 끝난 것이다. 경작지는 한계에 달해 영세 농민의 아들들 중에는 만주나 사할린으로 신천지를 찾아 떠나는 사람도 있었다. 쇼와*12년(1937년)의 페이지에는 양 박사에 대한 기사도 적혀 있었다. 농림성 공무원으로서 조선 및 만주에서 연구업적을 쌓은 ○○씨(32세)는 일신상의 사정으로 사퇴하고 주니타키읍 북쪽 산 위의 분지에 면양 목장을 열었다, 라고 되어 있다. 양 박사에 관한 기사는 통틀어 그것뿐이었다. 이 책의 저자인 향토사학자도 쇼와에 들어서고부터는 마을의 역사에 그다지 흥미를 느끼지 못했는지 기술도 단편적이고 내용도 판에 박힌 것 같았다. 문체도 아이누 청년을 다루었던 페이지에 비하면 훨씬 생기가 없었다.

나는 쇼와 13년(1938년)부터 40년(1965년)까지의 27년을 건너뛰고, '현재의 마을'이라는 페이지를 읽기로 했다. 그러나 이 책에서의 '현재'란 1970년을 말하는 것이므로 진짜 현재는 아니었다. 진짜 현재는 1978년 10월을 가리키고 있다. 그러나 한 마을의 통사通史를 쓰는 이상은 역시 마지막에 '현재'라는 단어를 사용할 필요가 있다. 설사 그 현재가 곧 현재성現在性을

---

* 일본 히로히토 천황 시대의 연호(1926년~1989년)

잃는다 하더라도 현재가 현재라는 사실은 아무도 부인할 수 없기 때문이다. 현재가 현재이기를 포기해버린다면 역사는 역사가 아닌 게 되어버린다.

《주니타키의 역사》에 따르면, 1969년 4월 시점에서의 인구는 1만 5천 명, 10년 전에 비하면 6천 명이나 줄었는데, 그 감소분의 대부분은 이농자다. 고도성장하의 산업구조 변화와 더불어 한랭지 농업이라는 홋카이도의 특수성이 있어 비정상적일 정도의 높은 이농률을 보였다, 라고 되어 있다.

그렇다면 그들이 떠난 뒤의 농지는 어떻게 되었는가? 임지가 된 것이다. 증조부들이 피땀 흘려서 나무를 베어 개간한 땅에 자손들은 다시 나무를 심게 되었다. 이상한 일이다.

그런 연유로 해서 현재 주니타키읍의 주된 산업은 임업과 목재 가공업이다. 몇몇 작은 제재 공장이 들어서 사람들은 거기서 텔레비전의 나무틀이라든가 화장대라든가 곰이나 아이누 인형을 만들고 있다. 이전의 공동 오두막은 지금은 개척자료관이 되어 있다. 거기에는 당시의 농기구와 식기 등이 전시되어 있다. 러일 전쟁에서 전사한 청년들의 유품도 있다. 큰 곰의 이빨 자국이 난 도시락통도 있다. 고향에 빚쟁이의 소식을 물은 편지도 남아 있다.

그러나 솔직하게 말해서 현재의 주니타키읍은 아주 따분한 고장이다. 대개의 마을 사람들은 일터에서 집으로 돌아가면 한 사람당 평균 네 시간은 텔레비전을 보고 잔다. 선거의 투표율은 꽤 높지만 당선될 인물은 처음부터 알고 있다. 마을의 슬로건은 "풍요로운 자연 속의 풍요로운 인간성"이다. 역 앞에 그런 간판이 세워져 있다.

나는 책을 덮고 나서 하품을 한 다음 잤다.

주니타키 마을의 또 한 번의 전락과 양들

우리는 아사히가와에서 열차를 갈아타고 북쪽을 향해서 시오카리 고개를 넘었다. 98년 전에 아이누 청년과 열여덟 명의 가난한 농민들이 더듬어간 것과 거의 똑같은 경로였다.

가을 햇살이 원시림의 흔적과 타오를 듯이 붉게 단풍 든 마가목을 선명하게 비추고 있었다. 공기는 너무도 고요하고 맑디맑았다. 뚫어지게 바라보고 있으니 눈이 아플 정도였다.

열차는 처음에는 한산했지만 도중에 통학하는 남녀 고등학생들로 꽉 차, 그들의 웅성거림과 환성과 비듬 냄새와 뭐가 뭔지 알 수 없는 이야기 소리와 발산할 데 없는 성적 욕망으로 넘쳤다. 그런 상황이 30분가량 지속되고 나서 그들은 어딘가의 역에서 순식간에 사라져버렸다. 그리고 열차는 또다시 휑뎅그렁해져 말소리 하나 들리지 않게 되었다.

나와 그녀는 초콜릿을 반씩 나눠 먹으면서 각자 밖의 풍경을 바라보고 있었다. 빛은 조용히 지표를 내리쬐고 있었다. 마치 망원경을 거꾸로 들여다보고 있을 때처럼 밖의 모든 풍경이 아주 멀게 느껴졌다. 그녀는 잠깐 동안 〈자니 B. 굿〉의 멜로디를 나지막하게 휘파람으로 불었다. 우리는 전에 없이 오랫동안 입을 다물고 있었다.

열차에서 내린 것은 12시가 조금 지나서였다. 나는 플랫폼에 내려서서 한껏 기지개를 켠 다음 심호흡을 했다. 폐가 오그라들듯할 정도로 공기가 맑았다. 햇볕이 따사로워 피부에 닿는 느낌이 상쾌했지만, 기온은 삿포로보다 확실하게 2도는 낮았다.

선로를 따라서 벽돌로 지어진 낡은 창고가 여러 개 늘어서 있고, 그 옆에는 직경 3미터는 됨직한 통나무가 피라미드 모양으로 쌓아 올려져 있었는데 간밤에 내린 비를 빨아들여서 검게 물들어 있었다. 우리를 태우고 온 열차가 출발해버리자 뒤에는 인적도 없고, 화단의 마리골드*만이 서늘한 바람에 흔들리고 있었다.

---

* 천수국, 향기로 해충의 접근을 막기 때문에 화단에 많이 심는다.

플랫폼에서 보이는 거리는 전형적인 작은 지방 도시였다. 작은 백화점이 있고, 혼잡하고 어수선한 중심가가 있고, 열 개 정도의 노선이 있는 버스터미널이 있고, 관광 안내소가 있었다. 언뜻 보기에도 재미없을 것 같은 거리였다.

"여기가 목적지야?"라고 그녀가 물었다.

"아니야, 여기가 아니야. 여기서 한 번 더 열차를 갈아타야 돼. 우리의 목적지는 여기보다도 훨씬 작은 데라고."

나는 하품을 하고 나서 다시 한번 심호흡을 했다.

"여기는 말하자면 중간 지점이야. 최초의 개척자들은 여기서 동쪽으로 방향을 바꾼 거지."

"최초의 개척자라고?"

나는 대합실의 불기 없는 난로 앞에 앉아, 다음 열차가 올 때까지 그녀에게 주니타키의 역사에 대해 간략하게 이야기했다. 연호年號가 복잡했으므로《주니타키의 역사》의 권말 자료를 갖고 하얀 노트에 간단한 연표를 그렸다. 노트 왼쪽에 주니타키읍의 역사를, 오른쪽에는 일본 역사상의 주요 사건을 적어넣었다. 꽤 훌륭한 역사 연표가 되었다.

예를 들면 메이지 38년인 1905년에는 뤼순이 함락*되었고,

---

* 러일 전쟁 당시, 일본이 만주로 들어가는 관문으로서의 전략적 요충지인 뤼순을 함락시킴으로써 전쟁에서 승리, 대륙 진출의 발판을 마련함.

아이누 청년의 아들이 전사했다. 내 기억에 따르면 그때는 양 박사가 태어난 해기도 했다. 역사는 조금씩 어딘가에서 연결되어 있었다.

"왠지 이렇게 해놓고 보니 일본 사람들은 전쟁 속에서 살아온 것 같네"라고 그녀는 연표의 좌우를 비교하면서 말했다.

"그런 것 같군" 하고 나는 말했다.

"왜 이렇게 되어버렸을까."

"약간 복잡하지. 한마디로 설명할 수는 없어."

"그래."

대합실은 대개의 대합실이 그렇듯이 휑뎅그렁하니 아무 멋도 없었다. 벤치는 말할 수 없이 불편했고, 재떨이에는 물을 빨아들인 꽁초가 가득했으며 공기는 탁했다. 벽에는 몇 장의 관광지 포스터와 지명 수배자 명단이 붙어 있었다. 우리 말고는 낙타색 스웨터를 입은 노인과 네 살쯤 된 사내아이를 데리고 있는 엄마가 있을 뿐이었다. 노인은 꿈쩍도 하지 않고 소설 잡지를 탐독하고 있었다. 마치 반창고를 떼어내는 것처럼 책장을 넘기고 있었다. 한 페이지를 넘기고 나서 다음 페이지를 넘길 때까지 15분 정도가 걸렸다. 사내아이와 그 아이의 엄마는 권태기의 부부처럼 보였다.

"결국 모두 가난하고, 잘하면 가난에서 벗어날 수 있지 않을까 하는 생각을 하며 살아왔겠지"라고 나는 말했다.

"주니타키의 사람들처럼?"

"맞아, 그래서 모두 필사적으로 밭을 갈았던 거지. 그래도 대부분의 개척자는 가난에서 벗어나지 못한 채 죽었어."

"왜?"

"땅 때문이야. 홋카이도는 추운 곳이니까. 몇 년에 한 차례씩 꼭 냉해가 닥쳐오거든. 작물을 수확하지 못하면, 자신들이 먹을 것도 없게 되고, 자연 수입도 없으니까 석유도 살 수 없지. 다음 해에 쓸 씨앗이나 모종도 살 수 없는 거야. 그러니까 땅을 담보로 고리대금업자에게 돈을 빌리는 거지. 하지만 이 지역의 농업 생산성은 그 이자를 낼 수 있을 정도로 높지 않거든. 결국은 땅을 빼앗기고 마는 거고. 그렇게 해서 많은 농민이 소작농으로 전락해간 거지."

나는 《주니타키의 역사》의 페이지를 넘겼다.

"쇼와 5년(1930년)에는 주니타키읍의 인구 중 자작농이 차지하는 비율이 46퍼센트까지 떨어졌어. 쇼와 초기의 대불황과 냉해가 겹쳤던 거야."

"애써서 고생해가며 땅을 개간해 밭을 일구었는데, 끝내 빚에서 헤어날 수는 없었네."

*

40분가량 시간이 있었으므로 그녀는 혼자 거리를 산책하러 나갔다. 나는 대합실에 남아 코카콜라를 마시면서 읽다 만 책을 펼쳤지만, 10분 후에 단념하고 책을 주머니에 다시 넣었다. 아무것도 머릿속에 들어오지 않았다. 내 머릿속에는 주니타키의 양들이 들어가 있어서 내가 거기에 보내는 활자를 딱딱 소리를 내면서 모조리 먹어치웠다.

나는 눈을 감고 한숨을 쉬었다. 지나가는 화물열차가 기적을 울렸다.

*

열차가 발차하기 10분 전에 그녀가 사과를 한 봉지 사가지고 돌아왔다. 우리는 점심 대신에 그 사과를 먹고 나서 열차에 올라탔다.

열차는 그야말로 폐차 직전 상태였다. 바닥은 연한 부분부터 물결 모양으로 닳아서 통로를 걸어가면 몸이 좌우로 흔들렸다. 시트의 보풀은 거의 없어졌고 쿠션은 마치 한 달이나 된 빵 같았다. 화장실 냄새와 기름 냄새가 뒤섞인 숙명적인 공기가 차 안을 지배하고 있었다. 나는 10분이나 걸려서 창을 밀어 올린 후 한동안 공기를 받아들였는데, 열차가 달리기 시작하자 가는 모래가 날아들어와 열 때와 비슷한 시간을 들여서 다시 닫아야만 했다.

열차는 두 량, 전부 합해서 열다섯 명가량의 승객이 타고 있었다. 사람들은 모두 무관심과 권태라는 굵은 고삐에 단단히 묶여 있었다. 낙타색 스웨터의 노인은 아직도 잡지를 읽고 있었다. 그의 독서 속도를 고려하면 석 달 전에 나온 잡지라고 하더라도 이상할 게 없다. 뚱뚱한 중년 여자는 스크랴빈Scriabin의 피아노 소나타를 열심히 듣고 있는 음악평론가 같은 얼굴로 뚫어져라 공간의 한 점을 응시하고 있었다. 나는 은밀히 그녀의 시선을 좇아보았지만 공간에는 아무것도 없었다.

아이들도 모두 조용했다. 아무도 떠들지 않았고, 아무도 뛰어다니지 않았고, 밖의 풍경을 보려고조차 하지 않았다. 누군가가 가끔 미라의 머리를 부젓가락으로 두드리는 것 같은 마른 소리를 내며 기침을 했다.

열차가 역에 설 때마다 누군가가 내렸다. 누군가가 내리면 차장도 함께 내려서 차표를 받고 차장이 타면 열차는 출발했다. 복면을 하지 않더라도 충분히 은행 강도를 할 수 있을 만큼 무표정한 차장이었다. 아무도 새로 타진 않았다.

창밖에는 강이 흐르고 있었다. 강물은 빗물이 모였기 때문인지 갈색으로 흐렸다. 가을 햇살 아래에서 강물은 반짝반짝 빛나는 카페오레의 방수로放水路처럼 보였다. 강을 따라서 포장도로가 보였다 안 보였다 했다. 가끔 목재를 실은 거대한 트럭이 서쪽을 향해서 달려가는 것이 보였는데, 전체적으로는 지극히 한산했다. 도로를 따라 늘어서 있는 광고판은 텅 빈 공백을 향해 부질없는 메시지를 계속 보내고 있었다. 나는 무료함을 달래기 위해 잇달아 나타나는, 스마트하고 도시적인 냄새를 풍기는 광고판을 바라보았다. 거기서는 볕에 그을린 여자애가 비키니를 입고 코카콜라를 마시고 있기도 하고, 중년의 성격파 배우가 이마에 주름을 잡은 채 스카치 잔을 기울이고 있기도 하고, 잠수용 시계가 잔뜩 물을 뒤집어쓰고 있기도 하고, 무서울 정도로 돈을 처바른 근사한 방 안에서 모델이 손톱에 매니큐어를 바르고 있기도 했다. 광고 산업의 새로운 개척자들은 실로 솜씨 좋게 그 대지를 개척하고 있는 것 같았다.

열차가 종점인 주니타키역에 도착한 것은 2시 40분이었다. 우리는 둘 다 어느 사이엔가 깊이 잠이 들어 역의 이름을 알리는 안내 방송을 듣지 못한 모양이었다. 디젤 엔진이 마지막 숨을 짜내는 듯한 소리를 낸 뒤에 완전한 침묵이 다가왔다.

피부가 따끔따끔 쓰라릴 것 같은 침묵이 내 눈을 뜨게 했다. 그러고 보니 차 안에는 우리밖에 없었다.

나는 허겁지겁 그물 선반에서 짐을 내리고, 그녀의 어깨를 몇 번인가 흔들어 깨워 열차에서 내렸다. 플랫폼에 부는 바람에는 이미 가을의 끝자락을 느끼게 하는 서늘함이 섞여 있었다. 태양은 일찌감치 져서 땅에는 새까만 산 그림자가 숙명적인 얼룩처럼 지면에 드리우고 있었다. 방향을 달리하는 두 개의 산줄기가 마을 앞에서 합류해, 바람으로부터 불꽃을 지키기 위해서 오목하게 모아진 두 손바닥처럼 거리를 폭 감싸고 있었다. 기다란 플랫폼은 높게 이는 거대한 파도를 향해 당장에라도 돌진하려는 빈약한 보트 같았다.

우리는 어이없이 한동안 그런 풍경을 바라보고 있었다.

"양 박사의 옛날 목장은 어디에 있어?"라고 그녀가 물었다.

"산 위에. 차로 세 시간이 걸리지."

"지금 바로 가는 거야?"

"아니"라고 나는 말했다. "지금부터 가면 한밤중이 될걸. 오늘은 어디서든 자고 내일 아침에 출발해야지."

역의 정면에는 휑뎅그렁하고 인적이 없는 작은 로터리가 있었다. 택시 승강장에는 택시가 없었고, 로터리 한가운데에 있는 새 모양의 분수 안에는 물이 없었다. 새는 부리를 벌린 채 무표정하게 하늘을 올려다보고 있었다. 분수의 둘레는 마리골드를 심은 화단으로 둥글게 둘러쳐져 있었다. 마을이 10년 전보다 훨씬 더 쇠락했다는 걸 한눈에 알아볼 수 있었다. 거리에는 사람의 모습이라곤 거의 없고, 어쩌다 스쳐가는 사람들은 쇠락한 거리에 사는 사람들 특유의 종잡을 수 없는 표정을 띠고 있었다.

로터리 왼편에는 수송을 철도에 의존했던 시절에 세워진 낡은 창고가 반 다스쯤 늘어서 있었다. 낡은 벽돌로 지어졌고 지붕은 높고 철문은 여러 번 덧칠하다가 단념하고 방치해둔 상태였다. 창고 지붕에는 거대한 까마귀가 일렬로 늘어앉아 말없이 거리를 내려다보고 있었다.

창고 옆의 빈터에는 키가 큰 풀들이 밀림처럼 우거져 있었고, 그 한가운데에 낡은 자동차 두 대가 비를 맞은 채 버려져 있었다. 두 대 모두 타이어가 없고 보닛이 열려 있어 내장을 그대로 드러내고 있었다.

폐쇄된 스케이트 링크와 같은 로터리에는 안내판이 세워져 있었으나, 대부분의 글자는 비바람에 지워져서 판독할 수 없었다. 제대로 알아볼 수 있는 것은 '주니타키읍'이라는 글자와 '대규모 도작 북한지大規模稻作北限地'라는 문구뿐이었다.

로터리 정면에는 작은 상점가가 있었다. 상점가는 대부분의 도시의 상점가와 비슷했는데, 도로가 쓸데없이 넓어 거리를 한층 썰렁하게 만들고 있었다. 넓은 도로 양쪽에 늘어선 마가목은 선명하게 물들어 있었지만 썰렁함에는 변함이 없었다. 그것들은 마을의 운명과는 관계없이 각각의 생명을 마음 내키는 대로 즐기고 있었다. 거기에 사는 사람들과 그 보잘것없는 그날그날의 생활만이 썰렁함 속에 파묻혀 있었다.

나는 배낭을 짊어지고 500미터 정도 되는 상점가의 끝까지 걸어가 여관을 찾았다. 그러나 여관은 없었다. 상점의 3분의 1은 셔터를 내렸다. 시계방 앞의 간판은 반쯤 떨어져서 덜컹덜컹 바람에 흔들리고 있었다.

상점가가 끝나는 곳에 잡초가 우거진 넓은 주차장이 있고, 크림색 페어레이디*와 스포츠카 타입의 빨간색 셀리카**가 주차되어 있었다. 모두 새 차였다. 이상한 생각이 들었지만, 무개성의 신선함, 휑뎅그렁한 거리의 분위기와 그런대로 어울렸다.

상점가 끝에는 거의 아무것도 없었다. 넓은 길은 완만한 내리막길이 되어 강까지 이어지고, 강과 맞닿은 데서 T자형으

---

* 닛산이 1969년부터 생산하고 있는 스포츠카
** 도요타 자동차가 1970년부터 2006년까지 생산한 승용차

로 좌우로 갈라져 있었다. 내리막길 양쪽에는 작은 단층 목조 가옥들이 늘어서 있고, 먼지로 뒤덮인 정원수의 비죽비죽한 가지들은 하늘을 찌르고 있었다. 모든 나무가 왠지 모르게 기묘하게 다듬어져 있었다. 집집마다 현관에는 커다란 석유 탱크 같은 우유 상자가 달려 있었고, 지붕에는 어이없을 정도로 높게 텔레비전 안테나가 솟아 있었다. 텔레비전 안테나는 마을 뒤쪽으로 우뚝 솟아 있는 산줄기에 도전이라도 하듯이 그 은빛 촉수를 공중에 둘러치고 있었다.

"여관 따윈 없는 거 아니야?" 하고 그녀가 걱정스러운 듯이 말했다.

"걱정 마. 아무리 형편없는 마을에도 여관은 반드시 있는 법이거든."

우리는 역으로 되돌아가서 역무원에게 여관의 위치를 물었다. 부자 사이만큼이나 나이 차이가 나 보이는 두 사람의 역무원은 어지간히 따분했던 참인지 여관의 위치를 자세하게 가르쳐주었다.

"여관은 두 군데 있어요" 하고 나이 든 역무원이 말했다. "하나는 상당히 비싸고, 하나는 꽤 싸죠. 비싼 쪽은 도청의 높은 사람이 왔을 때라든가 정식 연회를 열 때 사용되고 있습니다."

"식사는 꽤 잘 나와요"라고 젊은 역무원이 덧붙였다.

"또 하나는 행상인이나, 젊은 사람, 말하자면 그저 보통 사람들이 투숙하지요. 겉보기에는 초라하지만, 뭐 지저분하다든가 그런 건 아니에요. 목욕탕도 꽤 쓸 만하고요."

"하지만 벽이 얇아요"라고 젊은 역무원이 말했다.

그리고 그 얇은 벽에 대한 두 사람의 논쟁이 한바탕 벌어졌다.

"비싼 쪽으로 하겠어요"라고 나는 말했다. 아직 봉투에는 꽤 많은 돈이 남아 있었고 절약해야만 할 이유가 전혀 없었다.

젊은 역무원이 메모지를 찢어서 여관까지 가는 길의 약도를 그려주었다.

"고맙습니다"라고 나는 말했다. "그런데 10년 전에 비하면, 상당히 거리가 쓸쓸해졌군요."

"예, 맞아요"라고 나이 든 역무원이 말했다. "목재 공장은 아무래도 옛날 같지가 않고 이렇다 할 산업도 없는 데다가, 농업은 갈수록 쇠퇴하고 인구마저도 줄었으니 말입니다."

"무엇보다도 학교에서는 반 편성도 제대로 할 수 없다고 할 정도니까요." 젊은 역무원이 덧붙였다.

"인구는 어느 정도 되나요?"

"약 7천 명 정도라고 하지만, 사실은 그렇게도 안 될걸요. 5천 명쯤이나 될까요?"라고 젊은 쪽이 말했다.

"이 노선도 말이죠, 언제 없어질지 모릅니다. 글쎄, 전국에서 세 번째의 적자 노선이라는군요"라고 나이 든 역무원이 말했다.

이보다도 못한 노선이 두 개나 있다는 사실이 더 놀라웠지만 나는 고맙다는 인사를 하고 역을 나왔다.

여관은 상점가 앞의 내리막길을 내려가 오른쪽으로 돌아 300미터 정도 더 나아간 강변에 있었다. 느낌이 좋은 오래된 여관이었는데, 마을이 활기를 띠었을 당시의 모습이 남아 있었다. 강 쪽으로 손질이 잘 된 정원이 펼쳐져 있고, 그 한구석에서는 새끼 셰퍼드가 밥그릇에 얼굴을 처박고 이른 저녁을 먹고 있었다.

"등산 오셨나요?"라고 방을 안내해준 종업원이 물었다.

"네, 그래요"라고 나는 간단히 말했다.

2층에는 방이 둘밖에 없었다. 방은 넓었으며, 복도에 나가면 열차의 창에서 본 것과 똑같은 카페오레색의 강이 내려다 보였다.

그녀가 목욕을 하고 싶다고 해서 나는 그 사이에 혼자서 읍사무소에 가보기로 했다. 읍사무소는 상점가에서 서쪽으로 두 블록 떨어진 텅 빈 길가에 있었는데, 상상한 것보다 훨씬 견고

한 새 건물이었다.

나는 읍사무소의 축산과 창구에서 2년 전쯤 자유 기고가 비슷한 일을 했을 때 사용하던 잡지사 이름이 찍힌 명함을 건네며, "면양 사육에 대해서 좀 말씀을 듣고 싶은데요"라고 말을 꺼냈다. 여성 주간지에서 면양에 대해 취재를 한다는 게 좀 이상하긴 했지만, 상대방은 안으로 들어오라고 했다.

"이곳에는 현재 200마리가량의 면양이 있는데, 모두 서포크입니다. 즉 식육용이죠. 고기는 부근의 여관이나 음식점에 출하되고 있는데, 아주 호평을 받고 있습니다."

나는 수첩을 꺼내 적당히 메모를 했다. 아마 그는 앞으로 몇 주일 동안 이 여성 주간지를 계속 사볼 것이다. 그렇게 생각하니 왠지 마음이 어두워졌다.

"요리나 다른 일로 오신 겁니까?" 한바탕 면양의 사육 상황을 설명해준 다음에 상대방이 내게 물었다.

"그렇기도 하지만" 하고 나는 말했다. "그보다는 양에 대한 모든 것을 파악하는 것이 우리의 테마입니다."

"모든 것이요?"

"즉 성격이라든가 생태, 뭐 그런 거지요."

"그러세요?"라고 상대방은 말했다.

나는 수첩을 덮고, 차를 마셨다. "산 위에 오래된 목장이 있다고 들었는데요?"

"네, 있지요. 전쟁 전까지는 어엿한 목장이었는데 전후 미군에게 접수되어 지금은 사용하지 않고 있습니다. 반환되고 나서 10년 동안은 어느 돈 많은 사람이 별장으로 사용했는데 원체 교통편이 나빠서요. 그러는 사이에 아무도 오지 않게 되고 지금은 빈집이나 다름없어요. 그래서 읍에서 빌려 쓰고 있지요. 사실은 읍에서 사들여서 관광 목장으로 꾸미면 좋겠지만, 가난한 곳이라서 어쩔 수 없는 형편입니다. 우선 도로 정비도 필요하고요."

"빌려 쓰다니요?"

"여름에는 이 고장의 면양 목장 사람이 50마리가량의 면양을 데리고 산으로 올라갑니다. 목장으로서는 꽤 좋은 곳이고, 읍에서 경영하는 목초지만으로는 풀이 부족하거든요. 그래서 9월 하순이 되어 날씨가 나빠지기 시작하면 다시 양을 데리고 내려오는 거지요."

"그 양이 있는 시기를 아십니까?"

"해에 따라 약간씩 변동은 있지만, 보통은 5월 초부터 9월 중순까지예요."

"양을 데리고 가는 사람은 몇 명인가요?"

"한 사람이죠. 지난 10년 동안 같은 사람이 그 일을 계속하고 있습니다."

"그분을 좀 만날 수 있을까요?"

직원은 읍에서 운영하는 면양 사육장에 전화를 걸어주었다. "지금 가시면 만날 수 있습니다"라고 그는 말했다. "차로 모셔다 드리지요."

나는 처음에는 사양했지만, 자세히 들어보니 차로 가는 것 이외에는 사육장에 가는 방법이 없었다. 읍에는 택시도 렌터카도 없을뿐더러 걸어가면 한 시간 반이 걸렸다.

직원이 운전하는 소형 자동차는 여관 옆을 지나 서쪽으로 향했다. 그리고 긴 콘크리트 다리를 건너서 썰렁한 습지대를 빠져나가 산으로 접어드는 완만한 비탈길을 올라갔다. 타이어가 말아올리는 자갈이 바지직바지직 마른 소리를 냈다.

"도쿄랑 비교하면 이곳은 죽은 마을처럼 보이지요?"라고 그가 말했다.

나는 애매하게 대꾸했다.

"그런데 실제로도 죽어가고 있답니다. 철도가 있는 동안은 그래도 괜찮지만 없어지면 정말로 죽어버릴 거예요. 마을이 죽어버린다는 것은 왠지 묘한 일이지요. 사람이 죽는 건 이해가 가는데 마을이 죽는다는 건 말이지요."

"마을이 죽으면 어떻게 되는 거죠?"

"어떻게 될까요? 아무도 모르겠죠. 모르는 채로 모두가 마을을 빠져나올 거예요. 만약 인구가 천 명 이하가 된다면—그런 일도 충분히 있을 수 있는 일입니다만—우리의 일도 거의 없어져버릴 테니까요. 사실은 우리도 달아나야만 하는 것인지도 모르죠."

나는 그에게 담배를 권하고 양의 문장이 새겨진 듀퐁 라이터로 불을 붙여주었다.

"삿포로로 가면 좋은 일이 있답니다. 삼촌이 인쇄소를 하고 계신데 일손이 모자라거든요. 학교를 상대하니 경영도 안정적이고. 사실은 그게 좋겠지요. 이런 데서 양이나 소의 출하 숫자나 체크하고 있는 것보다는."

"그렇겠군요"라고 나는 말했다.

"하지만 막상 떠나려고 하면 그게 안 돼요. 이해하시겠어요? 마을이 정말로 죽어버린다면, 그 모습을 이 눈으로 직접 보고 싶다는 마음이 더 강하게 들어서요."

"이 고장에서 태어나셨나요?"라고 나는 물어보았다.

그는 그렇다고 대답하더니 더 이상 아무 말도 하지 않았다. 음울한 빛깔의 태양이 3분의 1가량 산 너머로 기울었다.

면양 사육장 입구에는 두 개의 기둥이 세워져 있고, 기둥 사이에 '주니타키읍영 면양 사육장'이라는 간판이 걸쳐져 있었다. 간판 밑을 지나면 비탈길이 있고, 비탈길은 단풍으로 물든 잡목림 사이로 모습을 감추고 있었다.

"숲을 빠져나가면 우리가 있는데, 관리인의 집은 그 뒤에 있습니다. 돌아가실 때는 어떻게 하시겠습니까?"

"내리막길이니까 걸어갈 수 있습니다. 여러 가지로 감사했습니다."

차가 보이지 않게 되자, 나는 비탈길을 올라갔다. 태양의 마지막 빛이 노랗게 물든 단풍잎에 오렌지색을 더해주고 있었다. 나무들은 높고, 얼룩진 빛이 숲을 통과하는 자갈길 위에서 아른거렸다.

숲을 빠져나가자 언덕의 경사면에 기다란 우리가 보이고 가축 냄새가 났다. 우리의 지붕은 빨간 양철 지붕으로, 통풍을 위한 굴뚝이 셋 있었다.

우리 입구에는 개집이 있고, 사슬에 매인 몸집이 작은 보더 콜리가 나를 보고 두세 번 짖었다. 졸린 듯한 눈을 한 늙은 개였는데, 적의를 품고 짖는 게 아니어서 목 주위를 쓰다듬어주자 곧 얌전해졌다. 개집 앞에는 밥과 물이 든 노란 플라스틱 그릇이 놓여 있었다. 개는 내가 손을 놓자 그대로 만족하고 개집으로 돌아가 앞발을 가지런히 하고 바닥에 엎드렸다.

우리 안은 어두컴컴하고 사람의 모습은 보이지 않았다. 콘크리트 바닥 한가운데에 넓은 통로가 있고, 그 양쪽은 양을 가두어두기 위한 울타리로 되어 있었다. 통로 양쪽에는 양의 오줌이나 청소한 물을 빼내기 위한 U자형 도랑이 있었다. 널빤지로 된 벽에는 군데군데 유리창이 있어서 그걸 통해 산의 능선이 보였다. 석양이 오른쪽 양들을 붉게 물들이고 왼쪽 양들에게는 푸르스름하고 칙칙한 그림자를 던지고 있었다.

내가 우리로 들어가자 200마리의 양들이 일제히 내 쪽을 보았다. 절반가량의 양들은 서 있고, 나머지 절반은 바닥에 깔린 마른 풀 위에 앉아 있었다. 그들의 눈은 부자연스러울 정도로 파래서 마치 얼굴 양쪽에서 샘물이 솟아나고 있는 것처럼 보였으며, 정면으로 빛을 받으면 의안義眼처럼 반짝거렸다. 그들은 뚫어지게 나를 바라보며 어느 놈도 꼼짝하지 않았다. 몇 마리는 마른 풀을 딱딱 소리 내며 씹고 있었는데, 그 이외에는 아무 소리도 나지 않았다. 그리고 몇 마리는 울타리 사이로 머리를 내밀어 물을 마시고 있었는데, 그들은 물 마시는 걸 멈추고 그 자세로 나를 올려다보았다. 그들은 마치 집단으로 사고思考하고 있는 것처럼 보였다. 그들의 사고는 내가 입구에 멈춰섬으로 인해 일시 중단되었다. 모든 것이 정지하고, 모두 판단을 유보하고 있었다. 내가 움직이기 시작하자, 그들의 사고 작업도 재개되었다. 여덟 개로 나뉜 울타리 속에서 양들은 움직이기 시작했다. 암컷을 모아놓은 울타리 안에서 암컷들은 씨받이 수컷 둘레에 모이고, 수컷들만의 울타리 안에서 양들은 뒷걸음질을 치면서 각자 자세를 취했다. 호기심이 강한 몇 마리만이 울타리에서 떨어지지 않고 가만히 내 움직임을 지켜보고 있었다.

양들의 얼굴 양쪽에는 수평으로 돌출한 검고 긴 귀가 있었고 거기에는 플라스틱 칩이 달려 있었다. 어떤 양에는 파란 칩이, 어떤 양에는 노란 칩이, 어떤 양에는 빨간 칩이 달려 있었다. 그들의 등에는 컬러마커로 그린 표시가 있었다.

나는 양들이 겁먹지 않도록 소리를 내지 않으며 천천히 걸었다. 그리고 되도록 양들에게 관심이 없는 척하며 울타리에 다가가 가만히 손을 내밀어 한 마리의 어린 수컷에 손을 댔다. 양은 움찔하며 몸을 떨 뿐 달아나지는 않았다. 다른 양들은 의심이 많은지 가만히 양과 내 모습을 바라보고 있었다. 어린 수컷은 내 손이 마치 양 떼 전체가 살며시 내민 불확실한 촉수觸手라도 되는 듯, 긴장으로 몸이 굳어 나를 지켜보았다.

서포크는 어딘지 기묘한 분위기를 풍기는 양이다. 모든 것이 검은데 몸털만이 희다. 귀는 커서 나방의 날개처럼 옆으로 툭 튀어나와 있다. 어둠 속에서 반짝이는 파란 눈과 탄력 있는 긴 콧등에는 어딘지 이국적인 분위기가 감돌았다. 그들은 내 존재를 거부하지도 받아들이지도 않았는데, 말하자면 일시적으로 주어진 경치라고 생각하며 바라보는 것 같았다. 몇 마리의 양이 소리를 내며 기세 좋게 오줌을 누었다. 오줌은 바닥으로 흘러 U자 도랑으로 흘러들어가더니, 내 발밑을 지나갔다. 태양은 산 뒤쪽으로 지려 하고 있었다. 엷은 쪽빛 어둠이 물에 녹아든 잉크처럼 산의 비탈진 곳을 덮고 있었다.

나는 우리에서 나와 보더콜리의 머리를 다시 한번 쓰다듬어주고 나서 심호흡을 한 다음, 우리 뒤로 돌아가 시내에 걸쳐진 나무다리를 건너서 관리인 숙사로 갔다. 관리인의 집은 아담한 단층 건물로 옆에는 목초와 농기구 등을 보관하는 큰 헛간이 딸려 있었다. 집보다 헛간이 훨씬 더 컸다.

관리인은 헛간 옆에 있는 너비 1미터, 깊이 1미터가량의 콘크리트 도랑 옆에 소독약이 든 비닐자루를 쌓고 있었다. 그는 자기 쪽으로 다가오는 내 모습을 멀리서 한 번 흘끗 바라보고 나서 별 관심 없다는 듯이 작업을 계속했다. 내가 도랑까지 가자 그는 겨우 손을 멈추고 목에 감은 수건으로 이마의 땀을 닦았다.

"내일 양을 전부 소독해야 하거든" 하고 남자는 말했다. 그리고 작업복 주머니에서 꾸깃꾸깃해진 담배를 꺼내어 손가락으로 잘 펴서 불을 붙였다. "여기에 소독액을 채우고 양을 모

조리 헤엄치게 하는 거야. 그렇게 하지 않으면 겨울철에 벌레
투성이가 되고 말지."

"혼자서 하는 겁니까?"

"설마, 두 사람이 도와주러 와. 그리고 나와 개가 하지. 개가 일
을 제일 잘해. 양도 개는 믿고. 양이 믿어주지 않으면 목양견이
될 수 없지."

남자는 키가 나보다 5센티미터가량 작았지만 떡 벌어진 체
격이었다. 나이는 사십 대 후반으로 짧게 자른 머리는 마치
헤어브러시처럼 꼿꼿했다. 그는 피부에서 벗겨내듯이 작업용
고무장갑을 벗어 허리 근처에서 탁탁 털고는 바지 뒷주머니
에 쑤셔 넣었다. 면양 사육사라기보다는 신병교육 담당 하사
관처럼 보였다.

"그런데 뭔가를 묻고 싶은 모양이지?"

"그렇습니다."

"물어봐."

"이 일을 한 지 오래됐나요?"

"10년" 하고 남자는 말했다. "길다고도 할 수 있고 짧다고도
할 수 있겠지. 하지만 양에 관한 일이라면 무엇이든 알고 있
어. 그 전에는 자위대自衛隊에 있었지."

그는 수건을 목에 두르고 하늘을 올려다보았다.

"겨울 동안에는 줄곧 여기에 있나요?"

"그렇지"라고 남자는 말했다. "뭐, 대개는." 헛기침을 했다. "달리 갈 데도 없고 게다가 겨울에는 겨울대로 제법 자질구레한 일도 많거든. 이 근처는 2미터 가까이 눈이 쌓이기 때문에 내버려두면 지붕이 내려앉아서 양이 납작해져버리니까. 먹이도 줘야 하고, 우리 청소도 해야 하고, 뭐 이런저런 일들이 많다고."

"그래서 여름이 되면 양의 절반을 데리고 산으로 올라가는 군요."

"그렇지."

"양을 데리고 가는 것은 어려운 일인가요?"

"간단해. 사람들은 옛날부터 줄곧 그렇게 해왔으니까. 양치기가 방목장에 정착한 건 아주 최근의 일이고, 그 전에는 1년 내내 양을 데리고 여행을 다녔지. 16세기의 스페인에서는 양을 몰 때만 지나갈 수 있는 길이 온 나라에 있어서 임금님도 거기는 들어가지 못했다는군."

남자는 땅바닥에 가래침을 뱉더니, 작업화 바닥으로 쓱쓱 문질렀다.

"어쨌든 양은 겁만 먹지 않으면 온순한 동물이어서 개의 뒤를 묵묵히 따라가니까."

나는 주머니에서 쥐가 보내온 사진을 꺼내 남자에게 건네주었다. "이건 산 위의 목장이지요?"

"그렇군"이라고 남자는 말했다. "틀림없어. 양도 우리 양이 맞고."

"이건요?" 나는 볼펜 끝으로 등에 별 모양이 있는 땅딸막한 양을 가리켰다.

남자는 사진을 잠깐 들여다보았다. "이건 아닌데, 우리 양이 아니야. 하지만 이상하군. 이런 것이 끼어들 리가 없다고. 주위는 전부 철조망으로 둘러쳐져 있고 아침저녁으로 내가 한 마리씩 체크하는 데다 색다른 놈이 끼어들면 개가 알아차리지. 양들도 웅성대고. 무엇보다도 이런 종류의 양은 머리털 난 후 본 적이 없는데."

"금년 5월에 양을 데리고 산에 갔다가 돌아올 때까지 무슨 이상한 일은 일어나지 않았나요?"

"무슨 일은"이라고 남자는 말했다. "평화롭기만 했어."

"당신 혼자서 여름 한철을 산에서 지낸 셈인가요?"

"혼자가 아니었어. 이틀에 한 번은 읍사무소 직원도 오고 관리가 시찰을 나올 때도 있지. 또 일주일에 한 번은 마을로 내려가고 대신 다른 사람이 양을 돌봐주곤 했어. 식량이나 잡화 따위도 보충해야 하고 말이지."

"그럼 혼자서만 산에 틀어박혀 있는 건 아니로군요?"

"그야 그렇지. 눈만 쌓이지 않는다면 목장까지는 지프로 한 시간 반이면 도착하거든. 산책이나 비슷한 거지. 하긴 눈이 한 번 쌓였다 하면 차도 소용없으니까 그렇게 되면 틀어박히게 되는 거야."

"지금 산 위에는 아무도 없나요?"

"별장 주인 말고는."

"별장 주인? 별장은 사용하지 않고 있다고 들었는데."

관리인은 담배를 땅바닥에 버리고 신발로 문질러 껐다. "쭉 사용하지 않았었지. 하지만 지금은 사용하고 있어. 사용하고 싶을 땐 언제든지 쓸 수 있다고. 집은 내가 계속 손봐와서 전기도 가스도 전화도 언제나 쓸 수 있고 유리창 하나도 깨지지 않았으니까."

"읍사무소 사람은 거기에는 아무도 없다고 그러던데요."

"그 친구들이 모르는 일이 어디 한두 가진가. 나는 읍사무소의 일과는 별도로 별장 주인에게 고용되어 있는 셈이고 쓸데없는 말은 아무한테도 하지 않거든. 물론 말하지 말라는 부탁도 받았고."

남자는 작업복 주머니에서 담배를 꺼내려고 했으나 담뱃갑은 비어 있었다. 나는 절반쯤 남은 라크 담뱃갑에 두 번 접은

1만 엔짜리 지폐를 얹어서 그에게 내밀었다. 남자는 잠시 그것을 바라보고 나서 받아들고는 담배를 한 개비 입에 문 다음, 나머지는 가슴에 달린 주머니에 쑤셔 넣었다. "고맙군."

"그래서, 주인은 언제부터 와 있나요?"

"봄. 눈이 녹기 전쯤이니까 3월일 거야. 5년 만에 왔던가? 무엇 때문에 이제 와서 나타났는지는 모르지만, 하긴 뭐 그거야 주인 마음이고 내가 알 바 아니지. 아무한테도 말하지 말라는 걸 보면 그럴 만한 사정이라도 있는가 보지. 어쨌든 그때부터 줄곧 위에 있어. 식료품이라든가 석유 같은 건 내가 몰래 사다가 지프로 조금씩 날라다 드려. 그만큼 사모았으면 앞으로 1년은 끄떡없을걸."

"그 사람 나와 비슷한 나이에 수염을 기르지 않았나요?"

"응" 하고 관리인은 말했다. "말 그대로야."

"맙소사"라고 나는 말했다. 사진을 보여줄 필요도 없었다.

주니타키에서의 밤

관리인과의 협상은 돈을 준 덕택에 아주 원활하게 이루어졌다. 관리인은 이튿날 아침 8시에 여관으로 와서 우리를 산 위의 목장까지 데려다주기로 했다.

"뭐, 양의 소독은 오후부터 해도 되겠지"라고 관리인은 말했다. 딱 부러지는 성격에다 현실적이었다.

"그런데 한 가지 마음에 걸리는 게 있어"라고 그는 말했다. "어제 내린 비로 지반이 약해져서 한 군데 차가 지나가지 못할 데가 있을지도 몰라. 그러면 그때는 걸을 수밖에 없을 거야. 그건 내 탓이 아니니까."

"괜찮습니다"라고 나는 말했다.

돌아오는 산길을 걸으며 나는 쥐의 아버지가 홋카이도에 별장을 가지고 있었다는 사실을 겨우 생각해냈다. 옛날에 쥐가 별장에 대해서 몇 번 이야기해준 적이 있었다. 산 위, 넓은 초원, 오래된 이층집. 언제나 나는 나중에야 중요한 일을 생각해낸다. 처음 편지를 받았을 때 그 생각을 했어야만 했다. 처음에 그 생각만 해낼 수 있었더라면 얼마든지 알아볼 방도가 있었을 것이다.

나는 스스로에게 넌더리를 내면서 차츰 저물어가는 산길을 터벅터벅 걸어 마을까지 왔다. 한 시간 반 동안 자동차 세 대를 보았을 뿐이다. 두 대는 목재를 실은 대형 트럭이었고, 한 대는 소형 트랙터였다. 세 대 모두 내려가는 길이었는데 아무도 같이 타고 가지 않겠느냐고 말을 걸어주지 않았다. 하기는 그쪽이 나도 바라는 바였다.

여관에 다다른 것은 7시가 지나서였는데 주변은 벌써 캄캄해져 있었다. 몸은 꽁꽁 얼어 있었다. 셰퍼드는 나를 보자 개집에서 목을 내밀고 킁킁거렸다. 그녀는 블루진에 내 라운드 스웨터를 입고 입구 가까이에 있는 게임장에서 전자오락에 정신이 팔려 있었다. 게임장은 낡은 응접실을 개조한 것인지 그곳엔 꽤 쓸 만한 벽난로가 있었다. 장작으로 불을 지피는 진짜 벽난로였다. 방에는 게임기 네 대와 핀볼 머신이 두 대 있었는데, 핀볼 머신은 더 이상 손도 댈 수 없을 만큼 낡은 싸구려 스페인제였다.

"배고파 죽을 것 같아"라고 그녀는 기다리다 지친 듯이 말했다.

나는 식사를 부탁해놓고 목욕을 대충 하고 나서, 몸을 말리는 동안 오랜만에 체중을 재보았다. 60킬로그램, 10년 전과 똑같았다. 옆구리에 붙어 있던 군살도 지난 일주일 동안에 완전히 빠졌다.

방에 돌아오자 식사가 준비되어 있었다. 나는 찜 요리를 안주 삼아 맥주를 마시면서 면양 사육장과 자위대 출신 관리인에 대해 이야기했다. 그녀는 양을 못 보고 놓친 것을 안타까워했다.

"그래도 이제 겨우 골문 앞까지 온 것 같은데."

"그렇다면 좋겠는데"라고 나는 말했다.

*

우리는 텔레비전에서 히치콕의 영화를 보고 잠자리에 든 다음 불을 껐다. 아래층의 괘종시계가 11시를 쳤다.

"내일은 일찍 일어나야 해"라고 나는 말했다.

대답이 없었다. 그녀는 벌써 고른 숨소리를 내고 있었다. 나는 여행용 시계의 알람을 맞추고, 달빛 아래서 담배를 한 개비 피웠다. 강물 소리 외에는 아무 소리도 들리지 않았다.

마을 전체가 잠들어버린 것 같았다.

하루 종일 움직인 탓에 몸은 녹초가 되었지만 의식만은 또렷해 도무지 잠이 오지 않았다. 귀에 거슬리는 잡음이 머릿속에서 떠나질 않았다.

조용한 어둠 속에서 가만히 숨을 죽이고 있노라니, 내 주위에서 마을 풍경이 용해되어 갔다. 집들은 황폐해졌고 선로는 옛 모습을 찾아볼 수도 없이 녹슬어버렸으며, 농경지에는 잡초가 무성하게 자라 있었다. 그렇게 해서 마을은 100년이라는 그 짧은 역사를 마감하고 대지 속으로 함몰해갔다. 마치 필름을 거꾸로 돌리듯이 시간이 퇴행했다. 사슴과 곰과 늑대가 대지에 모습을 드러내고 메뚜기의 대군이 새까맣게 하늘을 뒤덮고, 얼룩조릿대의 바다가 가을바람에 흔들리고, 울창한 침엽수림은 태양을 가렸다.

그처럼 모든 인간의 일이 소멸된 후에도 양들만은 남아 있었다. 어둠 속에서 양들은 눈동자를 반짝반짝 빛내며 뚫어지게 나를 응시하고 있었다. 아무 말도 하지 않고 아무것도 생각하지 않으며 그저 나를 응시하고 있었다. 몇만 마리나 되는 숫자의 양이었다. 딱딱딱 하는 그 단조로운 이빨 소리가 땅

위를 뒤덮고 있었다.

패종시계가 2시를 치자 양들은 사라졌다.

그리고 나는 잠들었다.

불길한 커브 길을 돌다

흐릿하게 구름이 낀 으스스한 아침이었다. 나는 이런 날에 차가운 소독액 속에서 헤엄치게 될 양들을 동정했다. 어쩌면 양들은 추위 같은 것은 대수롭지 않게 여길지도 모른다. 아마 그럴 것이다.

홋카이도의 짧은 가을은 서서히 끝나가고 있었다. 두꺼운 회색 구름은 눈이 내릴 듯한 예감을 품고 있었다. 도쿄의 9월에서 홋카이도의 10월로 뛰어든 덕분에 나는 1978년 가을의 대부분을 잃어버린 듯한 느낌이 들었다. 가을의 시작과 끝은 있는데 가을의 중심이 없었다.

6시에 눈을 떠서 세수를 하고 식사 준비가 될 때까지 혼자 복도에 앉아 강물의 흐름을 바라보고 있었다. 강물은 어제보다 약간 줄어들었고 탁하던 기운은 말끔히 가시고 없었다. 강 건너편에는 논이 펼쳐져 있고, 시야에 들어오는 모든 영근 벼 이삭이 불규칙한 아침 바람에 기묘한 물결 모양을 그리고 있었다. 콘크리트 다리 위를 트랙터가 지나갔다. 트랙터의 털털 거리는 엔진 소리가 바람을 타고 언제까지나 작게 들려왔다. 세 마리의 까마귀가 단풍 진 자작나무 숲 사이에서 나타나 강 위에서 원을 그리더니 난간 위에 앉았다. 난간에 앉은 까마귀 들은 전위극에 나오는 방관자처럼 보였다. 그러나 그런 배역 에도 싫증이 났는지 그들은 차례로 난간을 떠나 강의 상류를 향해서 날아가버렸다.

*

8시 정각에 면양 관리인의 낡은 지프가 여관 앞에 멈춰 섰다. 지프는 상자 모양의 지붕이 달린 것으로 불하품인 듯 보닛 옆 에 자위대의 소속 부대명이 희미하게 남아 있었다.

"이상해" 하고 관리인은 내 얼굴을 보자마자 말했다. "어제 혹시나 하고 산 위에 전화를 걸어봤는데 도무지 연결이 안 돼."

나와 그녀는 뒷좌석에 올라탔다. 차내에선 희미하게 휘발 유 냄새가 났다.

"마지막으로 전화를 건 게 언제지요?" 하고 나는 물어보았다.

"글쎄, 지난달일 거야. 지난달 20일쯤. 그 이후로는 한 번도 연락하지 않았어. 원래 볼일이 있으면 그쪽에서 걸어오곤 했으니까. 살 물건의 리스트라든가 말이야."

"신호도 가지 않아요?"

"응, 도무지 먹통이라니까. 어딘가에서 줄이 끊어졌나? 눈이 많이 오면 그런 일이 없는 것도 아니니까."

"하지만 눈은 오지 않았어요."

관리인은 고개를 위로 하고 목덜미를 빙글빙글 돌렸다. "어 쨌든 가보자고. 가보면 알 수 있겠지."

나는 말없이 끄덕였다. 휘발유 냄새 때문에 머리가 띵했다.

차는 콘크리트 다리를 건너 어제와 똑같은 코스를 더듬어서 산을 올라갔다. 면양 사육장 앞을 지날 때, 우리는 셋이서 그 두 기둥과 간판을 바라보았다. 사육장은 쥐 죽은 듯이 고요했다. 양들은 파란 눈으로 각각의 침묵의 공간을 응시하고 있을 것이다.

"소독은 오후부터 할 건가요?"

"그래야지. 하지만 뭐 급할 건 없어. 눈이 오기 전에만 해치우면 되니까."

"눈은 언제쯤부터 오기 시작하는데요?"

"다음 주쯤에 내려도 이상한 일이 아니지"라고 관리인은 말했다. 그리고 핸들에 한 손을 올려놓은 채 아래를 보고 잠시 기침을 했다. "쌓이기 시작하는 건 11월부터야. 이곳의 겨울에 대해서 뭐 아는 것 있어?"

"아니요"라고 나는 말했다.

"일단 쌓이기 시작하면 한없이 쌓이지. 그렇게 되면 아무도 손을 못 써. 집 안에 틀어박혀서 움츠리고 있을 수밖에 없지. 도대체가 사람 살 곳이 못 된다니까."

"하지만 계속 이곳에서 살아왔잖아요?"

"양을 좋아하니까. 양은 온순한 동물이고 사람 얼굴도 정확히 기억하거든. 양을 돌보고 있노라면 1년이 눈 깜짝할 사이에 지나가버리고, 그저 그런 일이 반복될 뿐이지. 가을에 교미하고, 겨울을 나고 봄에 새끼를 낳고, 여름에 방목을 해. 새끼양이 커서 그해 가을에는 벌써 교미를 하고. 그렇게 되풀이되는 거야. 양은 해마다 바뀌고 나만 나이를 먹는 거지. 나이를 먹으니 이 마을을 훌쩍 떠나는 게 점점 더 내키지 않아."

"겨울에는 양은 무얼 해요?"라고 그녀가 물었다.

관리인은 그제야 비로소 그녀의 존재를 알아차렸다는 듯이, 핸들에 손을 올려놓은 채 이쪽으로 휙 돌아 그녀의 얼굴을 집어삼킬 듯이 뚫어지게 바라보았다. 아스팔트가 깔린 직선도로인 데다 마주 오는 차가 없어서 괜찮았지만, 그래도 식은땀이 흘렀다.

"겨울 동안 양들은 우리 안에서 꼼짝 않고 있지." 관리인은 간신히 앞으로 돌아앉으며 그렇게 말했다.

"따분해하지 않나 보죠?"

"댁은 자신의 인생을 따분하다고 생각하나?"

"모르겠어요."

"양도 비슷하겠지"라고 관리인은 말했다. "그런 것은 생각하지도 않고, 생각해봤자 알 턱도 없을 테니까. 마른풀을 먹기도 하고, 오줌을 누기도 하고, 가벼운 싸움도 하고, 배 속의 새끼 생각도 하면서 겨울을 나는 거지."

산의 비탈이 조금씩 가팔라지면서 도로도 큰 S자형 커브를 그리기 시작했다. 전원적인 풍경은 차츰 모습을 감추고 절벽처럼 우뚝 솟은 원시림이 길 양쪽을 지배하게 되었다. 가끔 숲 사이로 평야가 바라다보였다.

"눈이 쌓이면 이 근처는 도저히 달릴 수 없게 돼"라고 관리인은 말했다. "하긴 달릴 필요도 없지만 말이야."

"스키장이나 등산 코스는 없나요?"라고 나는 물어보았다.

"없어. 아무것도 없지. 아무것도 없으니까 관광객도 오지 않고. 그러니까 마을이 갈수록 쓸쓸해져가는 것이고. 쇼와 30년대* 중반 무렵까지만 해도 한랭지 농업의 모델로서 그런대로 활기가 있었는데, 쌀이 남아돌기 시작하고부터는 아무도 냉장고 같은 곳에서 농업을 하는 데에 흥미를 갖지 않게 된 거지. 하기야 당연한 일이기는 하지만 말이야."

"목재 공장은 어떻게 되었나요?"

"일손이 모자라니까 좀 더 편리한 곳으로 옮겼어. 지금도 조그만 공장이 몇 개 있지만 보잘것없지. 산에서 벤 나무는 우리 마을을 그냥 지나쳐 나요리나 아사히가와로 보내져. 그러니까 도로만 멀쩡해지고 마을은 날로 쇠퇴해가는 거지. 큼직한 스파이크 타이어를 단 대형 트럭이라면 웬만한 눈길은 문제없거든."

나는 무의식적으로 담배를 입에 물었지만 휘발유 냄새가 마음에 걸려 담뱃갑에 다시 넣었다. 그리고 대신 주머니에 남아 있던 레몬 사탕을 빨아먹기로 했다. 입 속에서 레몬 향과 휘발유 냄새가 뒤섞였다.

"양들도 싸움을 하나요?"라고 그녀가 물었다.

"잘 싸우지"라고 관리인은 말했다. "무리 지어서 행동하는 동물은 모두 그렇지만, 양의 사회에서도 양마다 확실한 서열

* 1955년~1964년. 종전 후 10년이 지나 일본의 고도 경제성장이 급가속되던 시점으로 농업은 점차 쇠퇴하고 있었다.

이 정해져 있어. 한 울타리 속에 50마리의 양이 있으면 서열 1위부터 50위까지 있지. 그리고 모든 양이 자신의 위치를 똑바로 인식하고 있어."

"대단하네요"라고 하는 그녀.

"그래서 관리하기가 쉬운 거야. 제일 높은 서열의 양을 끌고 가면 나머지는 저절로 따라오니까."

"하지만 확실하게 서열이 정해져 있다면 굳이 싸울 일도 없을 것 같은데?"

"어떤 양이 다쳐서 힘을 못 쓰게 되거나 하면 서열이 불안 정해지거든. 그러면 그 아래의 양이 위로 올라오려고 도전하지. 그렇게 되면 사흘가량은 우당탕거리며 소란을 피워대는 거야."

"가엾어라."

"뭐, 돌고 도는 거지. 밀려나는 양도 젊었을 때는 누군가를 밀어내고 그 자리를 차지한 거니까. 게다가 일단 도살됐다 하면 서열 1위고 50위고가 어디 있어. 모두 사이좋게 바비큐가 되거든."

"어쩜" 하고 그녀는 말했다.

"그런데 제일 불쌍한 건 뭐니 뭐니 해도 씨받이 수컷이지. 양의 하렘이라고 들어본 적 있어?"

들어본 적 없다, 라고 우리는 말했다.

"양을 기르는 데 가장 중요한 건 교미의 관리야. 그러니까 암컷은 암컷끼리, 수컷은 수컷끼리 격리시킨 다음 암컷 우리 속에 수컷을 한 마리만 넣어주는 거야. 대개 제일 강한 서열 1위의 수컷이지. 다시 말해서 가장 좋은 씨를 받는 거야. 그리고 한 달 정도 지나면 씨받이 수컷은 원래의 수컷 우리로 되돌아오는데, 그동안 우리에서는 새로운 서열이 정해지게 되지. 씨받이 수컷은 교미를 한 덕분에 체중이 절반이나 준 형편이니까 어떤 놈과 싸워도 승산은 제로야. 그런데도 다른 모든 양과 차례로 한 번씩은 싸워야 하니 참담한 거지."

"양은 어떤 식으로 싸우나요?"

"머리로 박치기를 해. 양의 머리는 무쇠처럼 단단하고 속이 텅 비어 있어."

그녀는 말없이 무언가를 생각하고 있었다. 아마 양이 이마로 박치기하며 싸우는 광경을 상상하고 있었을 것이다.

30분쯤 더 가다 보니 아스팔트 포장이 갑자기 사라지고 도로의 폭도 절반으로 좁아졌다. 양쪽의 어두운 원시림이 거대한 파도처럼 차를 향해서 갑자기 밀려왔다. 대기의 온도는 몇 도쯤 내려갔다.

길이 너무 험해서 차는 지진계의 바늘처럼 위아래로 흔들렸다. 발밑에 놓여 있는 플라스틱 탱크의 휘발유가 불길한 소리를 내기 시작했다. 마치 두개골 속에서 뇌가 흩어지는 듯한 소리다. 듣는 것만으로도 머리가 지끈거렸다.

그런 길이 20분, 아니 30분쯤 계속되었을까. 손목시계의 바늘조차 제대로 볼 수 없었다. 그동안 아무도 입을 열지 않았다. 나는 좌석에 매달려 있는 벨트를 꼭 잡았고, 그녀는 내 오른팔에 매달렸으며, 관리인은 핸들에 온 신경을 집중시키고 있었다.

"왼쪽" 하고 잠시 후 관리인이 짧게 말했다. 나는 무슨 영문인지도 모르는 채 길의 왼쪽으로 눈길을 돌렸다. 어둡고 미끌미끌한 원시림의 벽이 지표에서 뜯겨나간 것처럼 사라지고 대지가 허무 속으로 함몰했다. 거대한 골짜기였다. 경치는 웅장했지만 거기에는 따뜻함이라고는 눈을 씻고 찾아보려야 찾아볼 수 없었다. 깎아지른 암벽은 모든 생명의 자취를 털어내 버리고, 그것도 모자라서 주위의 풍경에 그 불길한 숨결을 토해내고 있었다.

골짜기를 따라서 난 길의 앞쪽에 기묘할 정도로 매끈한 원추형 산이 보였다. 그 끝은 거대한 힘으로 비틀어서 돌린 것 같은 모양으로 일그러져 있었다.

관리인은 흔들거리는 핸들을 꽉 잡은 채 턱으로 그 산 쪽을 가리켰다.

"저 산 뒤까지 돌아가는 거야."

골짜기에서 불어오는 무거운 바람이 오른편 비탈에 우거진 초록색 풀을 밑에서부터 쓸어올리고 있었다. 차의 유리창에 잔모래가 부딪쳐와 탁탁 소리를 냈다.

아슬아슬한 커브 길을 몇 번 돌아나와 차가 원추형의 꼭대기에 가까워짐에 따라, 오른편 비탈은 험준한 바위산으로 변모하더니 이윽고 수직 암벽으로 바뀌었다. 그리고 우리는 밋밋하고 거대한 벽에 새겨진 좁은 공간에 간신히 매달려 있는 것과 같은 형국이 되었다.

날씨는 급속히 나빠지고 있었다. 푸른빛이 약간 섞인 연회색은 그 불안정한 미묘함에 싫증이라도 난 듯이 우중충한 회색으로 바뀌고, 거기에 그을음처럼 고르지 않은 검은색이 흘러들어갔다. 주위의 산들도 그에 따라서 음울한 그림자로 어둡게 물들여져갔다.

바람이 절구 모양으로 된 부분에서 소용돌이치며 혀를 동그랗게 하고 숨을 내쉬는 듯한 기분 나쁜 소리를 냈다. 나는 손등으로 이마의 땀을 훔쳤다. 스웨터 속에서도 식은땀이 흐르고 있었다.

관리인은 입술을 굳게 다문 채 오른쪽으로 오른쪽으로 계속 커브를 틀었다. 그리고 무언가를 알아들으려는 듯한 얼굴로 몸을 앞으로 수그린 채 조금씩 차의 속도를 늦추며 길이 약간 넓어진 곳에서 브레이크를 밟았다. 엔진이 멎자 우리는 얼어붙을 듯한 침묵 속에 내팽개쳐졌다. 바람 소리만이 대지를 떠돌고 있었다.

관리인은 핸들 위에 두 손을 올려놓은 채 한참 동안 입을 다물고 있었다. 그리고 지프에서 내리더니 신발 바닥으로 땅바닥을 쿵쿵 굴러보았다. 나도 차에서 내려 그 옆에 서서 노면을 쳐다보았다.

"역시 안 되겠는데"라고 관리인이 말했다. "내가 생각했던 것보다도 훨씬 많이 내렸어."

나는 도로가 그다지 젖어 있다고는 생각지 않았다. 오히려 단단하게 굳어 있는 것처럼 보였다.

"속이 젖어 있어서 모두 속는 거지"라고 관리인이 설명했다. "이 근처는 말이지, 좀 특이한 곳이거든."

"특이하다고요?"

그는 내 말에는 대꾸하지 않고 윗옷 주머니에서 담배를 꺼내 성냥을 그었다. "어쨌든 조금 걸어볼까."

우리는 다음 커브 길까지 200미터가량 걸었다. 몸에 휘감기는 불쾌한 한기를 느꼈다. 나는 점퍼의 지퍼를 목까지 올리고 깃을 세웠다. 하지만 한기는 사라지지 않았다.

커브 길을 돌자마자 관리인은 걸음을 멈추고 입에 담배를 문 채 말없이 오른편 낭떠러지를 노려보았다. 낭떠러지 한가운데에서 물이 솟아나와 밑으로 떨어져 작은 시내를 이루며 길을 천천히 가로지르고 있었다. 물은 점토가 섞여 있어 연갈색으로 탁했다. 낭떠러지의 젖은 부분을 손가락으로 눌러보았더니 바위는 보기보다는 훨씬 물러서 표면이 부슬부슬 무너졌다.

"여기는 굉장히 진땀 나는 커브 길이야"라고 관리인이 말했다. "땅바닥도 무르고, 하지만 그 때문만은 아니야. 왠지 모르게 불길해. 양들조차도 여기서는 언제나 겁을 먹거든."

관리인은 잠깐 콜록거리고 나서 담배를 땅바닥에 버렸다. "안됐지만 무리는 하고 싶지 않아."

나는 말없이 끄덕였다.

"걸을 수는 있을까요?"

"걷는 건 문제없을 거야. 중요한 건 진동이니까."

관리인은 다시 한번 신발 바닥으로 힘껏 노면을 굴러보았다. 아주 짧은 시간이 지나고 나서 둔탁한 소리가 났다. 소름 끼칠 것 같은 소리였다. "음, 걷는 건 문제없을 것 같네."

우리는 지프까지 되돌아갔다.

"여기서부터 4킬로미터 정도 될 거야"라고 관리인이 나란히 걸으면서 말했다. "여자 친구랑 가더라도 한 시간 반이면 도착할 거야. 길은 외길이고 그다지 가파른 오르막길도 없으니까. 끝까지 데리고 가주지 못해 정말 미안하군."

"괜찮습니다. 여러 가지로 감사합니다."

"계속 위에 있을 건가?"

"글쎄, 잘 모르겠어요. 내일 돌아올지도 모르고 일주일이 걸릴지도 모르죠. 형편 봐서요."

그는 다시 담배를 물었지만 이번에는 불을 붙이기 전에 콜록거렸다. "조심하라고. 아무래도 금년에는 눈이 예년보다 빨리 내릴 것 같으니까 말이야. 눈이 쌓였다 하면 여기서 빠져나가지 못하게 되거든."

"조심하도록 하죠"라고 나는 말했다.

"현관 앞에 우편함이 있는데 열쇠가 그 밑바닥에 끼워져 있어. 아무도 없으면 그걸 사용하면 될 거야."

하늘은 잔뜩 찌푸려 있었다. 지프에서 짐을 내렸다. 나는 얇은 점퍼를 벗고 두꺼운 등산용 파카를 뒤집어썼다. 그래도 몸속으로 스며드는 한기는 막을 수 없었다.

관리인은 좁은 길 위에서 낭떠러지 여기저기에 차체를 부딪치며 간신히 지프의 방향을 바꿨다. 부딪칠 때마다 낭떠러지의 바위 부스러기가 주르륵 밑으로 떨어졌다. 겨우 차를 돌리고 나서 관리인은 클랙슨을 울리며 손을 흔들었다. 우리도 손을 흔들었다. 지프는 휙 커브 길을 돌며 사라지고 그 뒤에는 우리 둘만 달랑 남았다. 마치 세계의 끝에 내버려진 듯한 기분이었다.

우리는 배낭을 땅바닥에 내려놓고 특별히 할 말도 없어 둘이서 주위의 풍경을 바라보았다. 눈 아래의 깊은 골짜기 밑바닥에는 은빛 시내가 완만하게 가느다란 곡선을 그리고 있었고, 그 양쪽은 울창한 푸른 숲으로 덮여 있었다. 골짜기 건너편에는 단풍으로 채색된 낮은 산줄기가 물결치면서 이어져 있었고, 그 저쪽에는 평야가 희미하게 보였다. 추수를 마친 후에 벼를 태우는 연기가 몇 줄기 피어오르고 있었다. 전망이야 물론 나무랄 데 없었지만 아무리 바라보아도 즐거워지지 않았다. 모든 것이 서먹서먹하고, 그리고 어딘지 모르게 이교도적이었다.

하늘은 온통 축축한 회색 구름으로 덮여 있었다. 그것은 구름이라기보다는 균일하게 염색된 천처럼 보였다. 그 아래를 검은 구름 덩어리가 낮게 흐르고 있었다. 손을 뻗으면 손가락 끝이 닿을 것만 같았다. 구름은 믿기 어려운 속도로 동쪽으로 움직이고 있었다. 중국 대륙에서 동해를 건너 홋카이도를 가로질러서 오호츠크로 빠지는 무거운 구름이다. 잇따라 왔다가 사라져버리는 그런 구름의 무리를 가만히 바라보고 있자니, 우리가 발을 디디고 서 있는 곳의 불확실성이 견디기 어려워졌다. 변덕스러운 바람이 한 번만 불어오면 암벽에 달라붙은 이 무른 커브와 함께 우리는 허무의 골짜기 밑으로 떨어질 수도 있는 것이다.

"서두르자"라고 말하며 나는 무거운 배낭을 짊어졌다. 비나 진눈깨비가 내리기 전에 지붕이 있는 곳으로 한 걸음이라도 가까이 가고 싶었다. 이런 썰렁한 데서 물에 빠진 생쥐 꼴이 되고 싶지는 않았다.

우리는 빠른 걸음으로 '진땀 나는 커브 길'을 빠져나갔다. 아닌 게 아니라 관리인의 말대로 그 커브 길에는 불길한 데가 있었다. 몸이 먼저 막연한 불길함을 느꼈고, 그 막연한 불길함이 머리의 어딘가를 두드리며 경고하고 있었다. 강을 건널 때 갑자기 온도가 다른 물웅덩이에 발을 처넣은 것 같은 느낌이 들었다.

그 500미터 정도를 지나는 동안, 땅바닥을 딛는 구두 소리가 몇 번이나 달라졌다. 뱀처럼 구불구불한 몇 줄기 냇물이 땅바닥을 가로지르고 있었다.

우리는 커브 길을 빠져나온 후에도 거기서 조금이라도 멀어지기 위해 속도를 늦추지 않고 계속 걸었다. 그러고 나서 30분쯤 걷다 보니 낭떠러지의 경사가 완만해지고 드물게나마 나무들의 모습이 보이기 시작했다. 그제야 우리는 겨우 한숨을 돌리고 어깨의 힘을 뺐다.

여기까지 왔으니 남은 길은 큰 문제가 없을 것이다. 길은 평탄해지고 주위의 험악한 분위기도 덜해졌으며, 차츰 온화한 고원高原의 풍경이 펼쳐졌다. 새가 보이기도 했다.

그로부터 30분 후에 우리는 그 기묘한 원추형 산에서 완전히 벗어나 탁자처럼 밋밋한 넓은 고원으로 나왔다. 고원은 깎아지른 산으로 둘러싸여 있었다. 거대한 화산의 윗부분이 몽땅 함몰해버린 듯한 느낌이었다. 물든 자작나무 수해樹海가 끝없이 이어져 있었다. 자작나무 사이에는 선명한 색상의 관목과 부드러운 잡초가 우거져 있었고, 군데군데 바람에 쓰러진 자작나무가 갈색으로 썩어가고 있었다.

"괜찮은 곳 같은데"라고 그녀가 말했다.

그 커브 길을 빠져나오자 확실히 괜찮은 곳이라는 생각이 들었다.

일자로 곧게 뻗은 길이 자작나무의 수해를 관통하고 있었다. 지프가 겨우 지나갈 수 있을 만한 길인데, 머리가 아파올 정도로 일직선이었다. 커브 길도 없고 가파른 비탈길도 없다. 앞을 보니, 모든 것이 하나의 점으로 빨려 들고 있었다. 검은 구름이 그 점의 상공을 흐르고 있었다.

무서울 정도로 고요했다. 바람 소리조차 광대한 숲속으로 빨려 들어간 것 같았다. 통통한 검은 새가 가끔 빨간 혀를 내밀며 주위의 공기를 찢는 듯한 날카로운 소리를 냈지만, 그 새가 어딘가로 날아가버리자 침묵이 말랑말랑한 젤리처럼 그 틈새를 메웠다. 길을 꽉 메운 낙엽은 이틀 전에 내린 비를 머금은 채 촉촉이 젖어 있었다. 새 이외에 침묵을 깨는 것은 아무것도 없었다. 자작나무 숲이 끝없이 이어지고, 쭉 뻗은 곧은 길 역시 끝없이 이어지고 있었다. 조금 전까지만 해도 우리를 그리도 찍어 누르던 낮은 구름도 숲 사이로 바라보니 왠지 비현실적으로 보였다.

15분 정도 걸어가니 맑은 개울이 있었다. 거기에는 자작나무 줄기를 묶어서 난간을 만든 튼튼한 다리가 놓여 있고, 그 주변은 쉼터처럼 되어 있었다. 우리는 거기다 짐을 내려놓고 물가로 내려가서 물을 마셨다. 이제까지 마셔본 적 없는 맛있는 물이었다. 물은 손이 벌게질 정도로 차가웠고, 달았다. 부드러운 흙냄새가 났다.

여전히 잔뜩 찌푸린 날씨였지만 아직은 그럭저럭 괜찮았

다. 그녀는 등산화 끈을 고쳐 맸고, 나는 난간에 걸터앉아서 담배를 피웠다. 하류 쪽에서 폭포 소리가 들려왔다. 소리를 들으니 그다지 큰 폭포는 아닌 듯싶었다. 길 왼쪽에서 변덕스런 바람이 불어와 쌓여 있는 낙엽에 잔물결을 일으키면서 오른쪽으로 스쳐 지나갔다.

담배를 피우고 나서 신발로 비벼 끌 때, 그 옆에 떨어져 있는 또 다른 꽁초를 발견했다. 나는 그것을 주워서 자세히 살펴보았다. 짓밟힌 그 꽁초는 세븐스타였다. 습기가 없는 것을 보면 비가 온 후에 피운 것이다. 다시 말해서 어제나 오늘이다.

나는 쥐가 무슨 담배를 피웠는지 생각해내려고 애썼으나, 도무지 생각이 나지 않았다. 담배를 피웠는지 안 피웠는지조차도 생각나질 않았다. 나는 단념하고 꽁초를 개울에 버렸다. 물의 흐름은 눈 깜짝할 사이에 그것을 아래쪽으로 흘려보냈다.

"무슨 일이야?"라고 그녀가 물었다.

"담배꽁초 하나를 발견했어"라고 나는 말했다. "바로 얼마 전에 누군가가 여기에 앉아서 나처럼 담배를 피웠던 모양이야."

"당신 친구?"

"글쎄. 알 수 없지."

그녀는 내 옆에 앉아서 두 손으로 머리를 올려 오랜만에 나에게 귀를 보여주었다. 폭포 소리가 내 의식 속에서 갑자기 멀어졌다가 다시 되돌아왔다.

"아직도 내 귀를 좋아해?"라고 그녀가 물었다.

나는 미소를 지으며 살짝 손을 내밀어, 손가락 끝으로 그녀의 귀를 만졌다.

"좋아해"라고 나는 말했다.

거기서 15분 정도 걸어가니 갑자기 길이 끝났다. 자작나무 수해도 잘려나간 것처럼 끝나 있었다. 그리고 우리 앞에는 호수처럼 넓은 초원이 펼쳐졌다.

*

초원 주변에는 5미터 간격으로 말뚝이 박혀 있었고, 말뚝 사이에는 철조망이 쳐져 있었다. 녹슬고 낡은 철조망이었다. 아무래도 우리는 양의 방목장에 다다른 모양이었다. 나는 양쪽으로 열리는 닳아빠진 문을 밀어젖히고 안으로 들어갔다. 풀은 부드럽고 대지는 검고 축축했다.

초원 위를 검은 구름이 흐르고 있었다. 구름이 흘러가는 쪽으로 우뚝 솟은 산이 보였다. 바라보는 각도는 달랐지만, 틀림없이 쥐의 사진에 찍혀 있던 것과 똑같은 산이었다. 사진을 꺼내 확인할 필요도 없었다.

그런데 몇백 번이나 사진을 통해서 보았던 풍경을 실제로 바로 눈앞에서 본다는 게 참으로 묘했다. 그 거리가 몹시 인공적으로 느껴졌다. 내가 이곳에 도착했다기보다도 누군가가 사진에 맞춰 풍경을 서둘러 만들어낸 듯한 느낌이었다.

나는 문에 기대서서 한숨을 쉬었다. 우리는 찾아낸 것이다. 찾아낸다는 것이 무엇을 의미하는지는 별개로 치더라도 어쨌든 우리는 찾아낸 것이다.

"도착했어"라고 그녀가 내 팔을 잡으며 말했다.

"도착했군" 하고 나도 말했다. 그 이상의 말은 필요하지 않았다.

초원을 사이에 두고 정면에 미국 농가풍의 낡은 목조 이층집이 보였다. 40년 전에 양 박사가 짓고 쥐의 아버지가 사들였던 건물이다. 견주어 비교할 만한 것도 없이 멀리서 바라보니 집의 크기는 정확히 파악할 수 없었지만, 화려하지 않은 아담한 집이었다. 흰색 페인트는 잔뜩 찌푸린 하늘 밑에서 불길하게 칙칙해 보였다. 적갈색에 가까운 겨자색 지붕 한가운데 벽돌로 만든 네모난 굴뚝이 하늘을 향해 솟아 있었다. 집 둘레에 울타리가 없는 대신 해묵은 상록수 몇 그루가 가지를 뻗어 비바람과 눈으로부터 건물을 지켜주고 있었다. 집에서는 이상할 정도로 인기척이 느껴지지 않았다. 아무리 봐도 기묘한 집이었다. 느낌이 나쁘지도 을씨년스럽지도 않았고, 모양이 특별히 유별나지도 심하게 낡지도 않은 집이었다. 단지─기묘했다. 그것은 제대로 감정 표현을 못한 채 늙어버린 거대한 생물처럼 보였다. 어떻게 표현해야 할지를 모르는 게 아니라 무엇을 표현하면 좋을지를 몰랐던 것이다.

근처에는 비 냄새가 감돌았다. 서두르는 게 좋을 것 같았다. 우리는 그 건물을 향해서 초원을 일직선으로 가로질러갔다. 서쪽에서는 이제까지와 같은 먹구름이 아닌 비를 머금은 검은 구름이 몰려오고 있었다.

초원은 지겨울 정도로 넓었다. 아무리 빠른 걸음으로 걸어도 전혀 앞으로 나아가는 느낌이 들지 않았다. 거리가 얼마나 되는지도 전혀 알 수 없었다.

생각해보니 이처럼 넓고 평탄한 땅을 걸어본 적이 없었다. 아주 먼 곳의 바람의 움직임까지 손에 잡힐 것 같았다. 구름의 흐름과 교차하듯이 새 떼가 북쪽을 향해 머리 위를 가로질러갔다.

한참 뒤 우리가 그 건물에 다다랐을 때, 이미 비가 조금씩 떨어지고 있었다. 건물은 멀리서 본 것보다 훨씬 크고 낡았다.

여기저기 흰 페인트가 부스럼 딱지처럼 벗겨져 있었고, 벗겨진 부분은 오랜 기간 비에 맞아 검게 변색되어 있었다. 이 정도로 페인트가 벗겨진 걸 보면 새로 페인트를 칠하기 위해서는 이전의 페인트를 모조리 벗겨내야만 할 것이다. 그 고생을 생각하면 남의 일이지만 진저리가 났다. 사람이 살지 않는 집은 확실히 낡게 마련인가 보다. 그 별장은 의심할 바 없이 옛날로 돌이킬 수 없는 상태였다.

집이 낡아가는 것과는 대조적으로 나무들은 끊임없이 계속 자라 마치《스위스의 로빈슨 가족》*에 나오는 수상가옥처럼 건물을 에워싸고 있었다. 오랫동안 가지를 쳐주지 않은 탓에 나무의 가지가 제멋대로 뻗어 있었다.

험준한 산길을 떠올려보니, 40년 전에 이만한 집을 지을 자재를 양 박사가 어떻게 여기까지 운반해왔는지, 나로서는 짐작조차 할 수 없었다. 아마도 노력과 재산의 전부를 여기에 쏟아부었을 것이다. 삿포로에 있는 어두컴컴한 호텔 2층 방에 틀어박혀 있을 양 박사를 생각하니 마음이 아팠다. 보상받지 못한 인생이 존재한다면, 그것은 양 박사의 인생일 것이다. 나는 차가운 빗속에 서서 건물을 올려다보았다.

---

* 스위스의 목사 요한 데이비드 비스의 소설로 열대 무인도에 난파되어 10년 이상을 보내게 된 가족의 이야기.

멀리서 바라보았을 때와 마찬가지로 인기척은 전혀 느껴지지 않았다. 길고 높은 이중창 바깥에 달린 나무 블라인드에는 고운 모래먼지가 겹겹이 쌓여 있었다. 비가 모래먼지를 기묘한 형태로 고정시키고, 그 위에 새로운 모래먼지가 쌓이고, 새로 내린 비가 그것을 다시 고정시키고 있었다.

현관문에는 눈높이에 사방 10센티미터의 유리창이 달려 있었는데, 창문은 안쪽에서 커튼으로 가려져 있었다. 놋쇠로 된 손잡이의 틈새에도 모래먼지가 잔뜩 끼여 있어서, 내가 손을 대자 우수수 밑으로 떨어졌다. 손잡이는 마치 오래된 어금니처럼 흔들거렸는데 문은 열리지 않았다. 두꺼운 떡갈나무 널빤지를 석 장 겹친 낡은 문은 보기보다는 훨씬 튼튼했다. 시험 삼아 주먹으로 몇 번 두들겨보았지만 역시 대답은 없었다. 주먹이 아플 뿐이었다. 거대한 모밀잣밤나무 가지가 모래산이 허물어져내릴 때와 같은 소리를 내며 머리 위에서 바람에 흔들리고 있었다.

나는 관리인이 일러준 대로 우편함 밑바닥을 더듬어보았다. 열쇠는 안쪽에 달린 쇠 장식에 매달려 있었다. 놋쇠로 만들어진 복고풍 열쇠인데, 손이 닿는 부분은 하얗게 변색되어 있다.

"이런 곳에 항상 열쇠를 놓아두다니 너무 허술한 거 아니야?"라고 그녀가 물었다.

"일부러 이런 곳까지 와서 뭘 훔쳐가려는 놈도 없어"라고 나는 말했다.

열쇠는 열쇠 구멍에 부자연스러울 정도로 딱 들어맞았다. 열쇠는 내 손 안에서 한 바퀴 회전한 다음 찰칵 하는 시원스런 소리를 내며 열렸다.

*

블라인드가 오랫동안 드리워져 있던 탓에 집 안은 부자연스러울 정도로 어두워서 눈이 적응하기까지 시간이 좀 걸렸다. 어슴푸레함이 방 구석구석에 배어 있었다.

넓은 방이었다. 넓고 고요했으며 낡은 창고에서 나는 것 같은 냄새가 났다. 어렸을 때 맡았던 기억이 있는 냄새였다. 오래된 가구나 버려진 깔개가 자아내는 오래된 시간의 냄새, 뒷손질로 문을 닫자 바람 소리가 뚝 그쳤다.

"여보세요" 하고 나는 큰 소리로 불러보았다. "아무도 없어요?"

물론 부질없는 짓이었다. 누가 있을 리 없었다. 난로 앞에 있는 괘종시계만이 째깍거리고 있었다.

잠시 몇 초 동안, 나는 머릿속이 혼란스러웠다. 어둠 속에서 시간의 앞뒤가 뒤바뀌고 몇 군데의 장소가 서로 겹쳤다. 짓눌리는 듯한 괴로운 감정의 기억이 마른 모래처럼 허물어졌다.

그러나 그것은 순간적인 일이었다. 눈을 뜨자 모든 것은 수습되어 있었다. 눈앞에는 기묘하게 단조로운 회색의 공간이 펼쳐져 있을 뿐이었다.

"괜찮아?" 하고 그녀가 걱정스러운 듯 물었다.

"괜찮아"라고 나는 말했다. "어쨌든 올라가보지."

그녀가 전등의 스위치를 찾는 동안, 나는 어둠 속에서 괘종시계를 살펴보았다. 시계는 쇠사슬이 달린 세 개의 분동分銅을 끌어올려서 태엽을 감도록 되어 있었다. 분동은 이미 세 개가 전부 아래까지 다 내려와 있었는데, 시계는 마지막 힘을 다해 계속 움직이고 있었다. 쇠사슬의 길이로 보아, 분동이 아래까지 내려오는 데 걸리는 시간은 일주일쯤일 것이다. 다시 말해서 일주일 전에는 여기에 누군가가 있어서 시계의 태엽을 감았던 것이다.

나는 세 개의 분동을 맨 위까지 감아올리고 나서 소파에 앉아 다리를 쭉 뻗었다. 전쟁 전부터 사용했던 것 같은 낡은 소파였으나 앉기엔 편안했다. 너무 푹신하지도 너무 딱딱하지도 않고 적당했다. 사람의 손바닥 같은 느낌이었다.

조금 시간이 지나고 나서 딱 소리가 나며 전등이 켜지고 부얼에서 그녀가 나타났다. 그녀는 재빠른 동작으로 거실의 여기저기를 살펴본 다음 긴 의자에 앉아서 박하담배를 피웠다. 나도 박하담배를 피웠다. 그녀를 알게 된 후 나도 조금씩 박하담배를 좋아하게 되었다.

"당신 친구는 여기서 겨울을 날 생각이었나 봐"라고 그녀는 말했다.

"부엌을 대충 살펴보았는데, 겨울 한철은 지낼 만큼 연료와 식료품이 준비되어 있어. 꼭 슈퍼마켓 같아."

"그런데 본인이 없잖아."

"2층을 좀 살펴볼까."

우리는 부엌 옆에 있는 계단을 올라갔다. 계단은 도중에 묘한 각도로 꺾여 있었다. 2층으로 올라가자 공기층이 바뀐 듯한 느낌이 들었다.

"머리가 조금 아파"라고 그녀가 말했다.

"많이 아파?"

"응, 그렇지만 괜찮아. 신경 쓰지 마. 이런 일엔 익숙하니까."

2층에는 침실이 세 개 있었다. 복도를 사이에 두고 왼쪽에는 큰 방이 있고, 오른쪽에는 작은 방 두 개가 있다. 우리는 세 방의 문을 차례로 열어보았다. 어느 방에도 최소한의 가구밖에 없어 휑하고 어두컴컴했다. 넓은 방에는 더블베드와 화장대가 있었는데, 침대는 틀만 남아 있었다. 죽어버린 시간의 냄새가 났다.

안쪽 작은 방에만 사람 냄새가 남아 있었다. 침대는 단정하게 손질되어 있었고, 베개는 약간 패어 있었으며, 무늬 없는 파란색 파자마가 머리맡에 개켜져 있었다. 사이드 테이블에는 오래된 구형 스탠드가 놓여 있고, 그 옆에는 책이 한 권 뒤집어져 있었다. 콘래드의 소설이었다.

침대 옆에는 참나무로 만들어진 단단한 서랍장이 있었고, 서랍 속에는 남자용 스웨터와 셔츠, 바지, 양말, 속옷 따위가 정리되어 있었다. 스웨터와 셔츠는 낡아서 조금 닳기도 했고 해진 데도 있었으나 고급이었다. 그중의 몇 개는 낯이 익었다. 쥐의 것이었다. 사이즈 37짜리 셔츠와 73짜리 바지. 틀림없었다.

창가에는 최근엔 여간해서 찾아보기 힘든 단순한 디자인의 구식 책상과 의자가 놓여 있었다. 책상 서랍에는 싸구려 만년필과 잉크 세 갑과 편지지 세트가 들어 있었는데 편지지는 모두 백지였다. 두 번째 서랍에는 반쯤 없어진 기침약 병과 자질구레한 잡동사니가 들어 있었고, 세 번째 서랍은 비어 있었다. 일기도 수첩도 메모도 아무것도 없다. 쓸데없는 것은 모조리 긁어모아서 처분해버리기라도 한 것 같았다. 모든 것이 너무도 지나치게 정리가 잘돼 있어서 오히려 그게 마음에 들지 않았다. 손가락으로 책상 위를 만져보니 흰 먼지가 묻어났다. 대단한 먼지는 아니었다. 역시 일주일 정도로 여겨졌다.

나는 초원 쪽으로 나 있는 이중창을 밀어 올리고 바깥쪽 블라인드를 열었다. 초원을 스치는 바람은 점점 더 강해지고 검은 구름은 더욱 낮게 흐르고 있었다. 초원은 몸부림치는 생물처럼 바람 속에서 몸을 비비 꼬고 있었다. 그 건너편에 자작나무가 보이고 산이 보였다. 사진과 완전히 똑같은 풍경이었다. 양이 없을 뿐이었다.

*

우리는 아래로 내려가 다시 소파에 앉았다. 괘종시계가 한 차례 차임을 울리고 나서 종을 열두 번 쳤다. 마지막 소리가 공기 속으로 빨려 들어갈 때까지 우리는 입을 다물고 있었다.

"이제 어떻게 하지?"라고 그녀가 물었다.

"기다리는 수밖에 없을 것 같군" 하고 나는 말했다. "일주일 전까지 쥐는 여기에 있었던 거야. 짐도 남아 있어. 틀림없이 돌아올 거야."

"하지만 그 전에 눈이 쌓여버리면 우리는 여기서 겨울을 나야 하고 당신의 한 달 기한도 끝나버리잖아."

그 말이 맞았다.

"당신 귀는 아무것도 느끼는 게 없어?"

"잘 안 돼. 귀를 열려고 하면 머리가 아파와."

"그럼 여기서 느긋하게 쥐가 돌아오길 기다릴 도리밖에 없지"라고 나는 말했다.

요컨대 그 이외엔 방법이 없는 것이다.

그녀가 부엌에서 커피를 끓이는 동안, 나는 넓은 거실을 한 바퀴 돌며 구석구석 살펴보았다. 거실 벽 중앙에는 진짜 난로가 있었다. 최근에 사용한 흔적은 없었지만 쓰려고 마음만 먹으면 언제라도 쓸 수 있도록 손질되어 있었다. 떡갈나무 잎이 몇 장 굴뚝으로 들어와 있었다. 장작을 땔 정도로 춥지 않은 날을 위해서 대형 석유난로도 놓여 있었다. 연료계의 바늘을 보니 석유는 가득 채워져 있었다.

난로 옆에 있는 유리문이 달린 붙박이 책장에는 엄청난 수의 고서가 가득 꽂혀 있었다. 나는 몇 권을 꺼내 대충 훑어보았는데, 전부 전쟁 전의 책으로 대부분은 가치가 없는 책들이었다. 지리와 과학, 역사, 사상, 정치에 관한 것이 많은데 그것들은 40년 전의 일반적인 지식인의 기초 교양을 연구하는 목적 이외에는 전혀 쓸모가 없다. 전후에 발행된 책도 있었지만, 굳이 가치를 따지자면 비슷한 정도였다.《플루타르크 영웅전》이라든가《그리스 희곡선》이라든가 그 밖의 몇 권의 소설만이 기억 속에 퇴색하지 않고 남아 있었다. 그와 같은 책들도 긴 겨울을 나는 데는 그런대로 도움이 될지 모른다. 하지만 어쨌든 이처럼 상당한 수의 가치 없는 책이 한 군데에 모여 있는 것은 처음 보았다.

책장 옆에는 역시 붙박이로 된 장식장이 있어, 거기에는 1960년대 중반에 유행했던 북셀프형 스피커와 앰프와 플레이어가 놓여 있었다. 200장가량의 레코드는 모두 낡았고 흠투성이였지만, 그래도 가치 있는 것들이었다. 음악은 사상만큼 기억 속에서 퇴색하지 않는다. 나는 진공관 앰프의 파워 스위치를 켜고, 아무 레코드나 골라서 바늘을 얹어보았다. 냇킹 콜Nat King Cole이 〈국경의 남쪽South of the Border〉을 부르고 있었다. 방 안의 분위기가 1950년대로 되돌아간 듯한 느낌이었다.

벽의 맞은편에는 높이 180센티미터가량의 이중창 네 개가 같은 간격으로 나란히 있었다. 창을 통해 초원에 내리는 회색 비가 보였다. 빗발이 거세지면서 산줄기는 희미하게 보였다.

마룻바닥 한복판에 카펫이 깔려 있었으며 그 위에 소파 세트와 스탠드가 있었다. 단단해 보이는 식탁 세트는 방 한구석에 치워져 뿌연 먼지를 뒤집어쓰고 있었다.

굉장히 휑뎅그렁한 방이었다.

벽에는 눈에 잘 띄지도 않는 문이 있었는데 문을 열어보니 그곳은 다다미 여섯 장 정도의 꽤 넓은 창고였다. 창고에는 필요 없는 가구와 카펫과 식기, 골프 세트, 장식품, 기타, 매트리스, 외투, 등산화, 헌 잡지 따위가 가득 쌓여 있었다. 중학교 수험 참고서라든가 무선조종 비행기까지 있었다. 그 물건들의 대부분은 1950년대 중반에서 1960년대 중반에 걸쳐 만들어진 것들이었다.

이 건물 안에서는 시간이 기묘하게 흘렀다. 거실에 놓인 구식 괘종시계와 같다. 사람들은 일시적인 기분으로 여기에 와서는 분동을 감아올린다. 분동이 올라가 있는 한 시간은 째깍거리는 소리를 내며 흐른다. 그러나 사람들이 가고 분동이 내려와버리면 시간은 거기서 멈춘다. 그리고 정지한 시간의 덩어리가 바닥 위에 색 바랜 생활의 층을 쌓아 올린다.

나는 몇 권의 낡은 영화 잡지를 가지고 거실로 돌아와 그것을 펴보았다. 화보 페이지에 소개된 영화는 〈알라모〉*였다. 존 웨인이 처음으로 감독한 작품으로 존 포드도 전면적으로 도

---

* 1836년, 텍사스가 멕시코로부터 독립선언을 한 후, 7천여 대부대를 이끌고 텍사스로 진격해온 멕시코 토벌군에 맞서, 마지막 요새인 알라모를 사수하려는 200여 명의 텍사스 민병대원들의 사투를 그린 영화.

왔다고 쓰여 있었다. 미국인의 마음에 남을 만한 훌륭한 영화를 만들려 한다고 존 웨인은 말하고 있었다. 그러나 비버털 모자는 존 웨인에게는 전혀 어울리지 않았다.

그녀가 커피를 가지고 나타나 우리는 마주 앉아 그것을 마셨다. 빗방울이 단속적으로 유리창을 때렸다. 시간은 조금씩 무게를 더하고 서늘한 어둠과 뒤섞이며 방 안을 채웠다. 전등의 노란빛이 꽃가루처럼 공중을 떠다녔다.

"피곤해?"라고 그녀가 물었다.

"그런 것 같아" 하고 나는 멍하니 바깥을 바라보면서 대답했다. "줄곧 찾아다니다가 갑자기 멈춰 섰기 때문일 거야. 아마 적응이 잘 안 되는 거겠지. 그런 데다 천신만고 끝에 겨우 사진 속의 풍경을 찾게 되었는데 쥐도, 양도 없으니 말이야."

"한숨 자. 그동안 식사 준비를 해놓을 테니까."

그녀는 2층에서 담요를 가져다가 내게 덮어주었다. 그러고 나서 석유난로를 켜고 내 입술에 담배를 물린 다음 불을 붙여주었다.

"힘내. 잘될 거야."

"고마워"라고 나는 말했다.

그리고 그녀는 부엌으로 사라졌다.

혼자가 되자 몸이 갑자기 무거워지는 것 같았다. 나는 두 모금을 빨고 담배를 끈 다음 담요를 목까지 끌어올리고는 눈을 감았다. 불과 몇 초 만에 잠이 들었다.

산을 떠난 그녀. 그리고 엄습하는 공복감

시계가 6시를 쳤을 때 나는 소파 위에서 눈을 떴다. 불은 꺼지고 방은 짙은 땅거미로 뒤덮여 있었다. 몸 구석구석 손가락 끝까지 저려왔다. 피부를 통해서 잉크빛 땅거미가 몸속까지 스며들고 있는 것 같은 느낌이 들었다.

비는 이제 그친 것 같았고 유리창 너머로 새소리가 들려왔다. 석유난로의 불꽃만이 방의 흰 벽에 기묘하게 확대된 엷은 그림자를 그려내고 있었다. 나는 소파에서 일어나 스탠드의 스위치를 켜고 부엌으로 가서 찬물을 두 잔이나 마셨다. 가스 레인지 위에는 크림스튜가 들어 있는 냄비가 올려져 있었다. 냄비에는 아직 온기가 남아 있었다. 재떨이에는 그녀가 피우고 비벼 끈 박하담배의 꽁초가 두 개 있었다.

나는 본능적으로 그녀가 이미 이 집을 떠나버린 것을 느꼈다. 그녀는 이미 없는 것이다.

나는 싱크대에 두 손을 얹고 머릿속을 정리해보았다.

그녀는 이제 여기에 없다. 그것은 확실했다. 이치나 추리가 아니고 현실에 없는 것이다. 휑뎅그렁한 집 안의 공기가 나에게 그것을 가르쳐주고 있었다. 아내가 아파트를 나가버리고 나서 그녀를 만나기까지의 두 달 남짓 진절머리 나도록 맛보았던 그 공기다.

나는 그래도 확인하기 위해서 2층으로 올라가 세 방을 차례로 살펴보고 벽장까지 열어보았다. 그녀의 모습은 없었다. 그녀의 숄더백과 다운재킷도 없어졌다. 등산화도 보이지 않았다. 틀림없이 그녀는 가버린 것이다. 그녀가 메모라도 남겼을 만한 곳을 하나하나 살펴보았으나 메모는 없었다. 시간으로 미루어 그녀는 이미 산을 내려가버렸을 것이다.

그녀가 사라져버렸다는 사실이 잘 납득이 가지 않았다. 막 잠에서 깨어난 터라 머리가 아직 잘 돌아가지 않는 데다, 머리가 잘 돌아간다 하더라도 내 주변에서 일어나고 있는 모든 일들에 일일이 정확한 의미를 부여해나가는 일은 이미 오래전에 내 능력의 범위를 넘어섰다. 요컨대 주위의 모든 사물을 흐르는 대로 맡겨두는 수밖에 없었다.

거실 소파에 멍하니 앉아 있다가 갑자기 몹시 배가 고프다는 것을 깨달았다. 이상할 정도의 공복감이었다.

나는 부엌에서 계단을 내려가 식품 저장고로 쓰고 있는 지하실로 들어간 후 붉은 포도주의 코르크 마개를 따고 맛을 보았다. 조금 찼지만 담백한 맛이었다. 부엌으로 돌아와서 나이프로 싱크대 위의 빵을 썰고, 써는 김에 사과 껍질도 벗겼다. 스튜를 데우는 동안 포도주를 석 잔 마셨다.

스튜가 데워지자 포도주와 음식을 거실 테이블에 늘어놓고 퍼시 페이스 오케스트라Percy Faith Orchestra의 〈퍼피디아Perfidia〉를 들으면서 저녁 식사를 했다. 식후에는 소스 팬에 남아 있던 커피를 마시고 난로 위에서 찾아낸 트럼프를 갖고 혼자 놀았다. 영국에서 19세기에 발명되어 한때 유행했지만 너무나 복잡해서 어느 사이엔가 사람들이 멀리하게 된 게임이다. 어느 수학자의 계산에 따르면 25만 번에 한 번 성공하는 확률이라고 한다. 세 번쯤 해보았지만 당연히 잘 되지 않았다. 트럼프와 식기를 치우고 병에 3분의 1쯤 남은 포도주를 마저 마셨다.

창밖은 밤의 어둠에 덮여 있었다. 나는 블라인드를 내리고 긴 의자에 벌렁 누워서 잡음이 심한 낡은 레코드를 몇 장 계속해서 들었다.

쥐는 돌아올까?

아마 돌아오겠지. 여기에는 그가 겨울 한철을 나기 위한 식료품과 연료가 저장되어 있다.

그러나 그것은 어디까지나 추측이었다. 쥐는 모든 것이 귀찮아져서 '거리'로 돌아가버렸는지도 모르고, 아니면 어딘가의 여자와 산 밑에서 살기로 마음먹었는지도 모른다. 전혀 있을 수 없는 일들은 아니었다.

만약 그렇다면 나는 최악의 위기에 처하게 된다. 쥐도 양도 찾지 못한 채 나에게 주어진 시간인 한 달은 지나가게 되고, 그렇게 되면 그 검은 옷의 남자는 나를 그가 말하는 소위 '신들의 황혼' 속으로 확실하게 끌어들이고 말 것이다. 나를 끌어들이는 일이 아무런 의미도 없다는 것을 알고 있더라도 그는 반드시 그렇게 할 것이다. 그런 타입이기 때문이다.

약속한 기간 한 달에서 딱 절반이 지나고 있다. 10월의 두 번째 주, 도시가 가장 도시답게 보이는 계절이다. 아무 일도 없다면 아마 나는 지금쯤 어딘가의 바에서 오믈렛이라도 먹으며 위스키를 마시고 있을 것이다. 좋은 계절의 좋은 시간, 그리고 비가 갠 후의 땅거미, 으드득 소리가 나는 빙수와 실팍한 통널빤지로 된 카운터, 고요한 강물처럼 느긋하게 흐르는 시간.

그런 일을 멍하게 생각하고 있을 동안 이 세상에 또 한 사람의 내가 존재하고 있어서 지금쯤 어떤 바에서 기분 좋게 위스키를 마시고 있을 것 같은 생각이 들기 시작했다. 그리고 생각하면 생각할수록 그쪽의 내가 더 현실의 나처럼 여겨졌다. 어딘가에서 초점이 어긋나 진짜 나는 현실의 내가 아니게 되고 만 것이다.

나는 고개를 흔들어 그런 환상을 떨쳐버렸다.

밖에서는 밤새가 낮은 소리로 울어대고 있었다.

*

나는 2층으로 올라가 쥐가 사용하지 않던 작은 방에 잠자리를 준비했다. 매트리스와 시트와 담요는 계단 옆의 벽장에 차곡차곡 쌓여 있었다.

방의 가구는 쥐의 방에 있는 것과 완전히 똑같았다. 사이드 테이블과 책상과 서랍장과 스탠드. 구식이지만 기능만을 생각해서 야무지게 물건을 만들던 시절의 산물이다. 쓸데없는 것은 아무것도 붙어 있지 않다.

머리맡의 창으로는 역시 초원이 내다보였다. 비는 말끔히 개고 짙게 드리워져 있던 구름 사이로 틈이 보이기 시작했다.

그 틈새로 아름다운 반달이 가끔씩 모습을 드러내 초원의 풍경이 한층 더 또렷이 보였다. 그것은 서치라이트로 비춘 깊은 바다 밑처럼 보였다.

　나는 옷을 입은 채 잠자리에 누워 사라졌다가 나타나는 풍경을 줄곧 바라보았다. 그 불길한 커브 길을 돌아 혼자서 산을 내려가는 여자 친구의 이미지가 한동안 거기에 겹쳤으며, 그것이 사라져버리자 이번에는 양 떼와 그 사진을 찍고 있는 쥐의 모습이 나타났다. 그러나 달이 구름 속에 숨었다가 다시 나타났을 때에는 그것도 사라졌다.

　나는 스탠드를 켜고《셜록 홈즈의 모험》을 읽었다.

차고에서 발견한 것,
초원의 한가운데서 생각한 것

처음 보는 종류의 새 떼가 크리스마스트리 장식처럼 현관 앞 모밀잣밤나무에 달라붙어 지저귀고 있었다. 모든 것이 촉촉이 젖은 채 아침 햇살 속에서 반짝였다.

나는 구식 수동식 토스터로 빵을 굽고, 프라이팬에 버터를 둘러 계란프라이를 만들고, 냉장고에 있던 포도주스를 두 잔 마셨다. 그녀가 없어 쓸쓸했지만, 쓸쓸하다고 느낄 수 있다는 것만으로도 조금은 구원받은 듯한 느낌이었다. 쓸쓸함이라는 것은 그다지 나쁘지 않은 감정이었다. 작은 새들이 날아가버린 뒤의 고요한 모밀잣밤나무 같았다.

설거지를 하고 난 뒤 욕실에서 입가에 묻은 노른자위 자국을 씻어내고 5분 동안이나 양치질을 했다. 그리고 꽤 망설이다가 역시 면도를 했다. 욕실에는 새것이나 마찬가지인 셰이빙크림과 질레트면도기가 있었다. 칫솔과 치약과 세숫비누, 스킨로션, 오데코롱까지 있었다. 선반에는 색색의 수건이 열 장 정도 차곡차곡 개켜져 있었다. 그야말로 쥐다운 꼼꼼함이었다. 거울에도 세면대에도 얼룩 하나 없었다.

화장실도 욕조도 대체로 비슷했다. 타일의 이음새 부분은 낡은 칫솔과 세제로 새하얗게 닦여 있다. 알아줄 만하다. 화장실에 있는 향료 상자에서는 고급 바에서 마시는 진 라임 같은 향기가 감돌았다.

욕실에서 나와 거실 소파에 앉아 담배를 피웠다. 배낭 속에는 이제 세 갑의 담배가 남아 있는데 그것이 전부였다. 그것을 다 피워버리고 나면 금연을 할 수밖에 없다. 그렇게 생각하면서 담배를 한 개비 더 피웠다. 아침 햇살은 상쾌하고 소파는 편했다. 그러고 있는 사이에 한 시간이 금방 지나갔다. 시계가 천천히 9시를 쳤다.

나는 쥐가 온 집 안의 세간을 정리하고, 화장실의 타일 이음새를 깨끗하게 씻어내고, 아무도 만날 일이 없는데도 셔츠를 다리고 수염을 깎은 이유를 왠지 이해할 수 있을 것 같았다. 여기서는 끊임없이 몸을 움직이고 있지 않으면 시간에 대한 정상적인 감각이 없어져버리는 것이다.

나는 소파에서 일어나 팔짱을 끼고 방을 한 바퀴 휘 둘러보았지만, 우선 무엇을 해야 좋을지 도무지 생각나지 않았다. 청소를 해야 하는 곳은 이미 쥐가 다 해놓았다. 높은 천장의 검댕까지 말끔히 털어놓았다.

그래 좋아, 이러다가 무슨 생각이 나겠지.

우선 집 주위를 산책하기로 했다. 화창한 날씨였다. 하늘에는 붓으로 그린 것 같은 흰 구름이 몇 줄기 흐르고 여기저기에서 새소리가 들렸다.

집 뒤쪽에는 큰 차고가 있었다. 양쪽으로 열리는 낡은 문 앞에 담배꽁초가 하나 떨어져 있었다. 세븐스타였다. 이번의 꽁초는 비교적 오래전에 피운 것으로, 종이가 터져서 필터가 드러나 있었다. 나는 집 안에 재떨이가 하나밖에 없었던 것이 생각났다. 그것도 오랫동안 사용하지 않은 것으로 보이는 낡은 재떨이였다. 쥐는 담배를 피우지 않는 것이다. 나는 필터를 집어 손바닥 위에서 잠깐 굴려보고 나서 원래 있었던 곳에 버렸다.

무거운 빗장을 풀고 차고 문을 열자 안은 널찍했고, 널빤지 틈새로 들어오는 햇빛이 검은 흙 위에 몇 줄기의 평행선을 또렷이 그려내고 있었다. 휘발유와 흙냄새가 났다.

차는 낡은 랜드크루저*였다. 차체에도 타이어에도 흙 하나 묻어 있지 않았다. 휘발유는 거의 가득 채워져 있었다. 나는 쥐가 언제나 키를 감춰두는 곳을 손으로 더듬어보았다. 예상 대로 키는 거기에 있었다. 키를 꽂고 돌려보니 엔진이 곧 기분 좋은 소리를 냈다. 늘 그랬듯이 자동차 정비에 관한 한 쥐의 솜씨는 알아줄 만했다. 나는 엔진을 끄고 키를 원래의 자리에 둔 다음 운전석에 앉은 채 주위를 둘러보았다. 차 안에 별다른 것은 아무것도 없었다. 도로 지도와 수건과 초콜릿 반 쪽이 있을 뿐이다. 뒷좌석에는 철사 한 묶음과 대형 펜치가 있었다. 뒷좌석은 쥐의 차치고는 어지럽혀져 있었다. 나는 뒷 문을 열고 좌석 위에 떨어져 있는 먼지를 손바닥으로 끌어모아 벽의 틈새로 들어오는 햇빛에 비춰보았다. 그것은 쿠션에서 비어져 나온 속처럼 보이기도 했다. 아니, 양털처럼 보였다. 나는 주머니에서 휴지를 꺼내 그것을 싸서 가슴 앞주머니에 넣었다.

나는 왜 쥐가 차를 쓰지 않았는지 이해할 수 없었다. 차고에 차가 있다는 것은 그가 걸어서 산을 내려갔거나 산을 내려가지 않았거나, 둘 중에 하나인데 어느 쪽도 이치에는 맞지 않

---

* 도요타 자동차의 최상급 오프로드 자동차.

앉다. 사흘 전까지는 벼랑 밑 길을 충분히 지나갈 수 있었을 것이며, 쥐가 집을 비워두고 이 고원의 어딘가에서 한뎃잠을 계속 자고 있다고는 생각할 수도 없었다.

생각하기를 단념하고 차고의 문을 닫고 초원으로 나가보았다. 아무리 생각해본들 이치에 닿지 않는 상황에서 이치에 닿는 결론을 끌어내는 것은 불가능하다.

태양이 높아짐에 따라 초원에서 수증기가 피어오르기 시작했다. 수증기를 통해서 정면의 산이 어렴풋이 보였다. 사방이 풀 냄새로 가득했다.

축축한 풀을 밟으면서 초원의 한가운데까지 걸었다. 정확히 한복판에 낡은 폐타이어가 놓여 있었다. 고무는 이미 완전히 하얗게 변해 갈라져 있었다. 나는 그 위에 걸터앉아서 주위를 빙 둘러보았다. 별장은 해안에 돌출한 흰 바위처럼 보였다.

초원 한복판의 타이어 위에 혼자 가만히 앉아 있자니, 어렸을 때 자주 참가했던 장거리 수영 대회가 생각났다. 나는 섬에서 섬으로 헤엄쳐 건너가다 한가운데서 멈춰 주위의 풍경을 바라보곤 했었는데, 언제나 야릇한 기분이 되곤 했었다. 두 지점으로부터 같은 거리에 있다는 것은 왠지 모르게 기묘한 일이었다. 멀리 떨어진 대지 위에서 사람들이 지금도 일상적인 생활을 계속하고 있다는 사실도 이상했다. 무엇보다도 사회가 나를 배제한 채 제대로 움직이고 있다는 것이 가장 기묘했다.

15분가량 그곳에 멍하니 앉아 있다가 걸어서 별장으로 돌아와 거실의 소파에 앉아서 《셜록 홈즈의 모험》을 계속 읽었다.

2시에 양 사나이가 왔다.

양 사나이 오다

시계가 두 번 종을 치고 난 직후에 노크 소리가 났다. 처음엔 두 번, 그리고 두 번쯤 호흡할 시간을 두고 세 번.

그것이 노크 소리라는 것을 인식할 수 있을 때까지는 시간이 좀 걸렸다. 누군가가 이 집 문을 노크한다는 건 나에게는 상상 밖의 일이었다. 쥐라면 노크 없이 문을 열 것이다―어쨌든 여기는 쥐의 집이다. 관리인이라면 한 번 노크하고 나서 대답을 기다리지 않고 바로 문을 열 것이다. 그녀라면―아니, 그녀일 리 없다. 그녀는 부엌문을 통해 살짝 들어와 혼자서 커피를 마시고 있을 것이다. 현관문을 노크하는 그런 타입은 아니다.

문을 열자, 거기에는 양 사나이가 서 있었다. 양 사나이는 열린 문에도, 문을 연 나에게도, 별반 흥미가 없다는 얼굴로, 문에서 2미터쯤 떨어진 곳에 서 있는 우편함을 무슨 신기한 것이라도 보는 양 유심히 노려보고 있었다. 양 사나이의 키는 우편함보다 조금 큰 정도였다. 아마 150센티미터쯤일 것이다. 게다가 새우등에 다리가 굽어 있었다. 거기다 내가 서 있는 곳과 땅바닥은 15센티미터의 차이가 있었으므로, 마치 버스의 창에서 누군가를 내려다보고 있는 것 같은 모양새였다. 양 사나이는 그 결정적인 차이를 무시하려는 듯이, 고개를 옆으로 돌리고 우편함을 열심히 노려보고 있었다. 물론 우편함에는 아무것도 들어 있지 않았다.

"안으로 들어가도 괜찮을까?" 하고 양 사나이는 고개를 옆으로 돌린 채 빠르게 물었다. 뭔가에 화를 내고 있는 듯한 말투였다.

"들어오시죠"라고 나는 말했다.

그는 몸을 굽히고 시원시원하게 등산화 끈을 끌렀다. 등산화에는 소보로빵 껍질처럼 진흙이 덕지덕지 달라붙어 있었다. 양 사나이는 벗은 등산화를 양손에 들고 마주 대더니 익숙하게 탁탁 털었다. 두꺼운 진흙은 포기했다는 듯이 땅에 떨어졌다. 그다음 양 사나이는 집 안을 잘 알고 있다는 듯이 슬리퍼를 신고 성큼성큼 걸어 들어와 혼자서 소파에 앉더니 후

유 하는 표정을 지었다.

양 사나이는 양 가죽을 머리에서부터 푹 뒤집어쓰고 있었다. 그의 땅딸막한 몸집은 그런 차림에 잘 어울렸다. 팔과 다리 부분은 이어 붙인 것이었다. 머리 부분을 덮는 후드도 역시 만든 것이었는데 그 꼭대기에 붙은, 또르르 말린 두 개의 뿔은 진짜였다. 후드 양쪽에는 철사로 만든 것 같은 납작한 두 귀가 수평으로 튀어나와 있었다. 얼굴의 위쪽을 덮은 가죽 마스크와 장갑과 양말은 모두 검은색이었다. 옷의 목 부분에서 넓적다리 부분에 걸쳐 지퍼가 달려 있어 간단히 입고 벗을 수 있게 되어 있었다.

팔 부분에 역시 지퍼가 달린 주머니가 있었고, 거기에는 담배와 성냥이 들어 있었다. 양 사나이는 세븐스타를 입에 물고 성냥으로 불을 붙인 다음 후유 하고 한숨을 쉬었다. 나는 부엌에 가서 닦아놓은 재떨이를 가지고 왔다.

"술을 마시고 싶은데"라고 양 사나이가 말했다. 나는 다시 부엌으로 가서 반쯤 남은 포 로즈스* 병을 찾아내고 잔 두 개와 얼음을 가져왔다. 우리는 각자 온더록스를 만들어 건배도 하지 않고 마셨다. 양 사나이는 잔을 다 비울 때까지 혼자서

---

* Four Roses, 일본 기린 맥주에서 만드는 버번위스키.

뭔가 중얼거렸다. 양 사나이의 코는 몸에 비해 커서 숨을 쉴 때마다 콧구멍이 날개처럼 좌우로 벌어졌다. 마스크의 구멍으로 엿보이는 두 눈은 침착하지 못하게 내 주위의 공간을 두리번두리번 둘러보고 있었다.

잔을 비우고 나서 조금 안정되는 듯한 눈치였다. 양 사나이는 담배를 끄고 마스크 밑으로 두 손을 넣어서 눈을 비볐다.

"털이 눈에 들어가서 말이야"라고 양 사나이가 말했다.

뭐라고 말하면 좋을지 몰라, 나는 가만히 있었다.

"어제 오전에 여기에 왔지?"라고 양 사나이는 눈을 비비면서 말했다. "내내 지켜보고 있었네."

양 사나이는 반쯤 녹은 얼음 위에 위스키를 붓고 흔들지도 않고 한 모금 마셨다.

"그리고 오후에 여자가 혼자서 나갔지."

"그것도 보고 있었나?"

"보고 있었던 게 아니라 내가 쫓아 보낸 거지."

"쫓아 보냈다고?"

"그래, 부엌문으로 얼굴을 들이밀고 돌아가는 게 좋다고 말해주었어."

"왜지?"

양 사나이는 심사가 뒤틀린 것처럼 입을 다물었다. 왜라는 질문 방식은 아마도 그에게는 어울리지 않는가 보다. 내가 단념하고 또 다른 질문을 생각하는 동안에 그의 눈은 서서히 다른 빛을 띠어가고 있었다.

"여자는 돌고래 호텔로 갔네"라고 양 사나이는 말했다.

"그녀가 그렇게 말했나?"

"아무 말도 하지 않았어. 그냥 돌고래 호텔로 돌아간 거야."

"어떻게 그걸 알지?"

양 사나이는 입을 다물었다. 무릎에 두 손을 올려놓고 말없이 테이블 위의 잔을 노려보았다.

"하지만 돌고래 호텔로 돌아갔단 말인가?"라고 나는 말했다.

"그래, 돌고래 호텔은 좋은 호텔이야. 양 냄새가 나거든" 하고 양 사나이는 말했다.

우리는 다시 입을 다물었다. 자세히 보니 양 사나이가 걸친 양 가죽은 몹시 더러웠고, 털은 기름으로 뻣뻣해져 있었다.

"그녀가 가면서 무슨 말을 남기진 않았나?"

"아니"라고 하며 양 사나이는 고개를 저었다. "여자는 아무 말도 없었고, 나는 아무 말도 듣지 못했지."

"당신이 가버리는 게 좋다고 하니까 아무 말도 하지 않고 나갔단 말이지?"

"그렇다니까. 여자가 가고 싶어 해서 가버리는 게 좋다고 말해준 거야."

"그녀는 자기가 원해서 여기까지 온 거라고."

"아니야!"라고 양 사나이는 고함을 질렀다. "여자는 가고 싶어 했어. 하지만 그녀 자신도 아주 혼란스러워했지. 그래서 내가 쫓아 보낸 거야. 당신이 여자를 혼란스럽게 했다는 걸 몰라?" 양 사나이는 일어서서 오른쪽 손바닥으로 테이블을 탕하고 쳤다. 위스키 잔이 5센티미터가량 옆으로 미끄러졌다.

양 사나이는 잠깐 그 자세로 서 있었으나 이윽고 눈의 반짝임이 흐려지더니 힘이 빠진 것처럼 소파에 주저앉았다.

"당신이 여자를 혼란스럽게 만든 거야" 하고 양 사나이는 이번에는 조용히 말했다. "아주 나쁜 일이지. 당신은 아무것도 모르고 있어. 당신은 자기 일밖에 생각하지 않는 거야."

"그녀는 여기에 오지 말았어야 했다, 그 말인가?"

"그래, 그 여자는 여기에 오지 말았어야 했어. 당신은 자기 일밖에 생각하지 않은 거야."

나는 소파에 푹 파묻혀서 위스키를 홀짝거리며 마셨다.

"하지만 그건 그렇다 치고. 어쨌든 끝나버린 일이니까"라고 양 사나이는 말했다.

"끝나?"

"당신은 그 여자를 다시는 만날 수 없을걸."

"내가 내 일밖에 생각하지 않으니까?"

"그래. 당신이 자기 일만 생각했기 때문이야. 그 죗값이지."

양 사나이는 일어서서 창가로 가더니 한 손으로 무거운 창문을 쭉 밀어 올리고 밖의 공기를 들이마셨다. 대단한 힘이었다.

"이렇게 맑게 갠 날에는 창을 열어놓아야지"라고 양 사나이는 말했다. 그리고 양 사나이는 방을 반 바퀴 빙 돌고 책장 앞에 서더니 팔짱을 낀 채 책의 겉표지를 보았다. 옷의 엉덩이 부분에는 작은 꼬리까지 달려 있었다. 뒤에서 보면 진짜 양이 두 발로 일어서 있는 것으로밖에 보이지 않았다.

"난 친구를 찾고 있어"라고 나는 말했다.

"그래?" 하고 양 사나이는 등을 보인 채 흥미 없다는 듯이 말했다.

"여기에 한동안 살았을걸. 바로 일주일 전까지 말이야."

"모르겠는걸."

양 사나이는 난로 앞에 서서 선반 위의 트럼프를 손으로 한 번 훑었다.

"등에 별 모양이 있는 양도 찾고 있는데"라고 나는 말했다.

"본 적 없는데"라고 양 사나이는 말했다.

그러나 양 사나이가 쥐와 양에 대해서 뭔가를 알고 있다는 것은 분명했다. 그는 지나치게 무관심한 척하려고 했다. 너무 빨리 대답을 했고 어조도 어딘가 부자연스러웠다.

나는 작전을 바꿔 그야말로 상대방에게 이제는 흥미를 잃었다는 기색을 보이며, 하품을 하고 책상 위의 책을 집어서 책장을 넘겼다. 양 사나이는 약간 안절부절못하며 소파로 돌아왔다. 그리고 책을 읽고 있는 나를 한동안 말없이 바라보았다.

"책 읽는 게 재미있나?"라고 양 사나이는 물었다.

"응" 하고 나는 간단히 말했다.

양 사나이는 그러고 나서도 계속 우물쭈물하고 있었다. 나는 신경 쓰지 않고 책을 계속 읽었다.

"아까는 큰소리를 쳐서 미안해" 하고 양 사나이는 작은 소리로 말했다. "가끔 말이지, 그, 양적¥的인 것과 인간적인 것이 부딪쳐서 그렇게 된다고. 뭐 나쁜 뜻이 있었던 건 아니야. 게다가 당신도 나를 책망하는 듯한 말을 해서."

"됐어"라고 나는 말했다.

"당신이 그 여자와 다시는 만나지 못하게 된 데 대해서도 미안하게는 생각해. 하지만 그건 내 탓이 아니거든."

"그래."

나는 배낭 주머니에서 라크를 세 갑 꺼내서 양 사나이에게

주었다. 양 사나이는 조금 놀라는 눈치였다.

"고마워, 이 담배는 처음인데. 그런데 당신은 필요하지 않나?"

"담배는 끊었어"라고 나는 말했다.

"그래, 그게 좋지" 하고 양 사나이는 정색을 하며 고개를 끄덕였다. "아닌 게 아니라 몸에 나쁘니까."

양 사나이는 담배가 소중하다는 듯이 팔에 달린 주머니에 넣었다. 그 부분이 네모지게 볼록해졌다.

"난 친구를 꼭 만나야만 해. 그래서 아주 멀리서 여기까지 온 거야."

양 사나이는 고개를 끄덕였다.

"양에 대한 것도 마찬가지야."

양 사나이는 고개를 끄덕였다.

"그런데 그에 대해서는 아무것도 모른단 말이지?"

양 사나이는 애처롭다는 얼굴로 고개를 가로저었다. 만들어 붙인 귀가 나풀나풀 흔들렸다. 그러나 이번의 부정은 앞의 부정보다 훨씬 약했다.

"이곳은 좋은 곳이지"라고 양 사나이는 화제를 바꿨다. "경치 좋겠다, 공기 좋겠다, 당신도 아마 마음에 들 거야."

"좋은 곳이지"라고 나는 말했다.

"겨울이 되면 더 좋아지지. 주위는 온통 눈으로 뒤덮이고 꽁

꽁 얼어붙어버리거든. 동물들은 모두 겨울잠을 자고 사람들은 찾아오지 않아."

"줄곧 여기에 있을 건가?"

"응."

나는 더 이상 아무것도 묻지 않기로 했다. 양 사나이는 동물과 똑같다. 이쪽이 가까이 가면 물러서고, 이쪽이 물러서면 다가온다. 계속 여기에 있을 거라면 서두를 필요는 없다. 느긋하게 여유를 갖고 캐내면 되는 것이다.

양 사나이는 왼손으로 오른손에 낀 검은 장갑의 끝을 엄지손가락부터 차례로 잡아당겼다. 몇 번 당기자 장갑은 쏙 빠졌는데 꺼칠꺼칠하고 가무잡잡한 손이 드러났다. 작지만 통통했고 엄지손가락 연결 부분부터 손등 한가운데에 걸쳐서 예전에 덴 자국이 남아 있었다.

양 사나이는 손등을 뚫어지게 쳐다보다가 뒤집어서 손바닥을 바라보았다. 그 행동은 쥐가 자주 하던 짓이다. 그러나 양 사나이가 쥐일 리는 없다. 키가 20센티미터 이상이나 차이난다.

"여기에 계속 있을 건가?"라고 양 사나이가 물었다.

"아니, 친구나 양 중에서 하나라도 찾으면 갈 거야. 그래서 왔으니까."

"이곳 겨울은 참 좋지" 하고 양 사나이는 거듭 강조했다. "눈에 덮여 하얗고 반짝반짝 빛나거든. 그리고 몽땅 얼어붙어버린다고."

양 사나이는 혼자 킥킥거리더니, 큰 콧구멍을 벌름거렸다. 입을 벌리자 지저분한 이가 보였다. 앞니가 두 개 빠져 있었다. 양 사나이의 사고의 리듬은 왠지 모르게 고르지 않아서, 그것이 방의 공기를 팽창시키기도 하고 수축시키기도 하는 것처럼 느껴졌다.

"슬슬 돌아가야겠군" 하고 양 사나이는 느닷없이 말했다. "담배 고맙네."

나는 말없이 고개를 끄덕였다.

"당신의 친구와 그 양을 빨리 찾길 빌겠어."

"그래"라고 나는 말했다. "그에 대해서 뭔가 알게 되거든 가르쳐주겠지?"

양 사나이는 잠시 거북한 듯이 머뭇거리고 있었다. "그래, 가르쳐주지."

나는 조금 우스웠지만 웃음을 참았다. 양 사나이는 아무래도 거짓말하는 것이 서툰 모양이었다.

양 사나이는 장갑을 끼고 나서 일어났다. "또 오지. 며칠 후가 될지는 모르지만, 또 올 거야." 그러고 나서 눈빛이 흐려졌다. "폐가 되는 건 아니겠지?"

"그렇지 않아" 하고 나는 황급히 고개를 저었다. "나도 꼭 만나고 싶어."

"그럼 다시 오지"라고 양 사나이는 말했다. 그리고 뒷손질로 탕 하고 문을 닫았다. 꼬리가 걸릴 것 같았으나 무사했다.

블라인드 틈새로 보니 양 사나이는 올 때와 마찬가지로 우편함 앞에 서서 페인트가 벗겨진 흰 상자를 뚫어지게 노려보고 있었다. 그리고 바스락거리며 양 가죽 옷을 고쳐 입고는 빠른 걸음으로 동쪽 숲을 향해서 초원을 가로질러갔다. 수평으로 튀어나온 귀가 수영장의 다이빙대처럼 흔들렸다. 양 사나이는 멀어짐에 따라서 선명하지 않은 흰 점이 되고, 마침내는 비슷한 색깔의 자작나무 줄기 사이로 빨려 들어갔다.

양 사나이가 사라진 뒤에도 나는 내내 초원과 자작나무 숲을 바라보았다. 바라보면 볼수록 양 사나이가 조금 전까지 이 방에 있었다는 사실에 확신을 가질 수 없었다.

그러나 테이블에는 위스키 병과 세븐스타 담배꽁초가 남아 있었고, 맞은편 소파에는 양털이 몇 올 붙어 있었다. 나는 랜드크루저의 뒷좌석에서 발견한 양털과 그것을 비교해보았다. 똑같았다.

*

양 사나이가 돌아간 뒤, 나는 머릿속을 정리하기 위해 부엌에서 햄버거 스테이크를 만들었다. 양파를 다져서 프라이팬에 볶고, 그 사이에 냉장고에서 꺼낸 쇠고기를 해동시켜 잘게 다졌다.

부엌은 꽤 깨끗했고 웬만한 조리기구와 조미료는 갖추어져 있었다. 길만 제대로 포장하면 이대로 여기에 산장풍의 레스토랑을 열어도 될 것 같았다. 창문을 활짝 열어젖혀놓고 양 떼와 푸른 하늘을 바라보면서 식사하는 것도 나쁘지 않을 것이다. 가족 동반이라면 초원에서 양과 놀면 되고, 연인들은 자작나무 숲을 거닐면 된다. 분명히 인기를 끌 것이다.

쥐가 경영하고, 내가 요리를 만든다. 양 사나이도 무언가 할 수 있는 일이 있을 것이다. 산장풍 레스토랑에서라면 그의 엉뚱한 차림도 아마 자연스럽게 받아들여질 것이다. 그리고 양치기로는 그 현실적인 면양 관리인을 끼워줄 수도 있다. 현실적인 사람이 한 사람쯤 있는 것도 괜찮을 듯싶다. 개도 필요하다. 양 박사도 아마 놀러 와줄 것이다.

나는 나무주걱으로 양파를 저으면서 멍하니 그런 생각을 하고 있었다.

생각할수록 그 놀라운 귀를 가진 여자 친구를 영원히 잃어버렸을지도 모른다는 사실이 무겁게 나를 짓눌렀다. 양 사나이의 말이 맞는지도 모른다. 나는 혼자서 여기에 왔어야 했는지도 모른다. 나는 아마……, 머리를 흔들었다. 그리고 레스토랑에 대해 계속 생각하기로 했다.

J, 만약 그가 여기에 함께 있다면 여러 가지 일이 잘될 것이다. 모든 일은 그를 중심으로 돌아가야만 한다. 용서하는 일과 불쌍히 여기는 일과 받아들이는 일을 중심으로.

양파가 식는 동안, 나는 창가에 앉아서 다시 초원을 바라보았다.

바람의 특수한 통로

그날로부터 아무 일 없이 사흘이 지나갔다. 양 사나이도 모습을 보이지 않았다. 나는 음식을 만들고, 그것을 먹고, 책을 읽고, 해가 지면 위스키를 마시고 잤다. 아침엔 6시에 일어나서 초원을 반달 모양으로 반 바퀴 뛰고 나서 샤워를 하고 면도를 했다.

초원의 아침 공기는 급속히 냉기를 더해갔다. 선명하게 물들었던 자작나무 잎은 하루가 다르게 듬성듬성해지고, 겨울바람은 마른 가지 사이를 누비며 고원을 가로질러 남동쪽을 향해 불었다. 조깅을 하다가 초원의 한가운데에 멈춰 서면 그 바람 소리가 똑똑히 들렸다. 이제는 되돌아갈 수 없다고 바람 소리가 알려주는 것만 같았다. 짧은 가을은 이미 지나가버린 것이다.

운동 부족과 금연 탓으로 나는 여기 오고 나서 사흘 만에 2킬로그램이나 체중이 늘어서 조깅으로 1킬로그램을 줄였다. 담배를 피울 수 없는 게 약간 고통스러웠지만, 사방 30킬로미터 이내에는 담배 가게가 없으니 참을 수밖에 없었다. 나는 담배 생각이 날 때마다 그녀와 그녀의 귀를 생각했다. 내가 이제까지 잃은 것에 비하면 담배를 못 피우는 것은 지극히 사소한 일처럼 여겨졌다. 그리고 실제로 그랬다.

나는 시간을 활용해 여러 가지 요리를 만들어보았다. 오븐을 사용해 로스트비프까지 만들었다. 냉동 연어를 손질해서 마리네*도 만들었다. 신선한 야채가 부족했으므로 먹을 수 있을 만한 들풀을 초원에서 찾아내 가다랑어포를 넣어 삶기도 했다. 그리고 양배추로 간단한 절임도 만들었다. 양 사나이가 올 때를 대비해 몇 종류의 술안주도 준비했다. 그러나 양 사나이는 나타나지 않았다.

주로 오후의 시간은 초원을 바라보며 보냈다. 초원을 오랫동안 바라보고 있노라면, 자작나무 숲 사이에서 누군가가 갑자기 나타나 그대로 초원을 가로질러서 이쪽으로 오는 것 같은 착각에 빠졌다. 대개 그것은 양 사나이였는데, 어떤 때에는

---

* 생선이나 고기를 식초, 포도주, 기름 등에 재운 요리.

쥐기도 했고, 그녀기도 했다. 그리고 또 어떤 때에 그것은 별 모양이 있는 양이기도 했다.

그러나 결국은 아무도 나타나지 않았다. 바람만이 불어댔다. 마치 이 초원이 바람의 특수한 통로인 것처럼 보였다. 바람은 중요한 사명을 띠고 갈 길을 서두르기라도 하듯이 뒤도 돌아보지 않고 초원을 가로질러갔다.

내가 이 고원에 오고 나서 이레째 되던 날 첫눈이 내렸다. 이상하게 그날은 아침부터 바람도 불지 않고, 하늘에는 온통 잔뜩 찌푸린 무거운 납빛 구름이 드리워져 있었다. 내가 조깅을 하고 돌아와 샤워를 하고 커피를 마시면서 레코드를 듣고 있을 때부터 눈이 내리기 시작했다. 찌그러진 모양의 단단한 눈이었다. 유리창에 닿을 때마다 딱딱 소리를 냈다. 바람이 조금씩 불기 시작했고 눈발은 30도가량 비스듬한 선을 그리면서 빠른 속도로 땅 위에 떨어지고 있었다. 눈이 조금씩 내리는 동안 그 비스듬한 선은 백화점 포장지의 무늬처럼 보였지만, 그러다가 눈이 펑펑 쏟아지기 시작하면서 밖이 하얘져 산도 숲도 아무것도 보이지 않게 되었다. 그것은 도쿄에 어쩌다 내리는 것 같은 소담스런 눈이 아니라 진짜 북쪽 나라의 눈이었다. 모든 것을 모조리 덮어버리고 대지를 얼어붙게 만드는 눈이었다.

뚫어져라 눈을 바라보고 있자니 금세 눈이 아파왔다. 나는 커튼을 내리고 석유난로 옆에서 책을 읽었다. 레코드가 다 돌아갔다가 바늘이 자동적으로 되돌아오고 나자, 주위는 무서울 정도로 고요해졌다. 마치 생명 있는 것들이 모두 사멸해버리고 난 후의 침묵 같았다. 나는 책을 내려놓고 이렇다 할 이유도 없이 집 안을 순서대로 한 바퀴 돌았다. 거실에서 부엌으로 갔다가, 창고와 욕실과 화장실과 지하실을 살피고, 2층 방의 문을 열어보았다. 아무도 없었다. 침묵만이 기름처럼 방의 구석구석에 배어 있었다. 방의 넓이에 따라서 침묵의 울림이 조금씩 다를 뿐이었다.

나는 외동아들로, 태어난 이후 이처럼 외톨이가 된 적이 없었던 것 같은 느낌이 들었다. 지난 이틀 동안 처음으로 몹시 담배가 피우고 싶어졌는데, 물론 담배는 없었다.

그 대신 나는 얼음 없이 위스키를 마셨다. 만약 이런 식으로 겨울 한철을 난다면 나는 알코올중독이 되어버릴지도 모를 일이다. 하긴 집 안에는 알코올중독이 될 정도의 술도 없었다. 위스키가 세 병, 브랜디가 한 병, 그리고 캔 맥주가 열두 개, 그것뿐이었다. 아마 쥐도 나와 똑같은 생각을 했겠지.

내 회사 친구는 아직도 술을 마시고 있을까? 제대로 회사를 정리하고 본인이 바라던 대로 작은 번역 사무소를 다시 시작했을까? 아마 그는 그렇게 할 것이다. 그리고 나 없이도 그 나름 대로 잘해나갈 것이다. 어쨌든 지금은 우리가 그렇게 행동해야 할 시기다. 우리는 6년 걸려 다시 원점으로 되돌아온 셈이다.

눈은 점심때가 지나서 그쳤다. 내리기 시작할 때와 똑같이 갑자기 뚝 그쳤다. 두꺼운 구름이 점토처럼 군데군데에서 틈 새를 보여 그 사이로 비치는 햇살이 장대한 빛의 기둥이 되어 초원의 여기저기를 돌아다녔다. 멋진 광경이었다.

밖으로 나가보니 땅에는 단단한 눈이 작은 사탕처럼 여기 저기에 온통 흩어져 있었다. 그것들은 각자 자신의 몸을 딱딱 하게 굳혀 녹아 없어지기를 거부하고 있는 것처럼 보였다. 그 러나 시계가 3시를 칠 무렵에는 눈이 거의 녹았다. 땅은 촉촉 하게 젖었고 저녁 무렵의 태양이 초원을 포근한 빛으로 감쌌 다. 마치 갇혔다가 풀려난 것처럼 새들이 지저귀기 시작했다.

*

저녁 식사를 마치고 나서 나는 쥐의 방에서 《빵 굽는 법》이 라는 책과 콘래드의 소설을 가져와 거실의 소파에 앉아서 읽 었다. 3분의 1가량 읽은 데서 쥐가 서표書標 대신 끼워둔 10센 티미터 정도의 신문 조각을 발견했다. 날짜는 알 수 없었지만, 종이 색깔의 상태로 보아 비교적 최근의 신문이라는 것은 알 수 있었다. 잘라낸 기사의 내용은 지방 정보에 관한 거였다. 삿포로의 어느 호텔에서 고령화 사회에 대한 심포지엄이 열린다거나, 아사히가와 근처에서 역전경주驛傳競走가 열린다는 기사였다. 중동의 위기에 대한 강연회도 있었다. 거기에는 쥐나 나의 흥미를 끌 만한 기사는 아무것도 없었다. 뒷면은 신문광고였다. 나는 하품을 하고 책장을 덮은 다음, 부엌에서 남은 커피를 끓여 마셨다.

나는 오랜만에 신문을 읽고 나 자신이 일주일 동안 세계의 흐름에서 완전히 뒤처져 있었다는 사실을 새삼스레 깨달았다. 라디오도 없고 텔레비전도 없고, 신문도 잡지도 없다. 지금 이 순간에도 도쿄는 핵미사일에 의해 붕괴되고 있을지도 모르고, 전염병이 산 밑의 세상을 뒤덮고 있는지도 모른다. 어쩌면 화성인이 오스트레일리아를 점령했을지도 모른다. 그렇다고 해도 내가 알 수 있는 방법은 없다. 차고의 랜드크루저까지 가면 라디오를 들을 수는 있지만 특별히 듣고 싶은 마음도 없었다. 모르고 넘어갈 수 있는 일이라면 특별히 알 필요도 없는 것이고, 나는 이미 필요한 만큼의 걱정거리를 떠안고 있는 것이다.

그런데 내 마음속에는 뭔가 걸리는 게 있었다. 무언가가 눈

앞을 스쳐 지나갔는데도 정신을 팔고 있다가 모르고 넘어갔을 때와 비슷한 기분이었다. 그러면서도 망막에는 무언가가 스쳐 지나갔다는 무의식적인 기억이 새겨져 있다……. 나는 커피 잔을 설거지통에 처넣고는 거실로 돌아와 다시 한번 신문 조각을 손에 들고 들여다보았다. 내가 찾고 있던 것은 역시 그 뒷면에 있었다.

쥐, 연락 바람
지급!!
돌핀 호텔 406호

나는 종잇조각을 책갈피에 꽂고 소파에 몸을 파묻었다.

쥐는 내가 그를 찾고 있다는 사실을 알고 있었던 것이다. 의문—어떻게 그는 이 기사를 발견했을까? 아마 산에서 내려왔을 때 우연히 발견했겠지. 아니면 뭔가를 찾으려고 몇 주일 치의 신문을 한꺼번에 읽은 걸까?

그럼에도 불구하고 그는 나에게 연락하지 않았다. (그 기사를 보았을 때에는, 나는 이미 돌고래 호텔을 떠나 있었는지도 모른다. 아니면 연락하려고 해도 전화가 이미 죽어 있었는지도 모른다.)

아니, 그렇지 않을 거다. 쥐는 나에게 연락할 수 없었던 것이 아니라 연락하고 싶지 않았던 것이다. 쥐는 내가 돌고래 호텔에 있다는 사실로 조만간 이리로 올 거라고 예측할 수 있었을 것이고, 나를 만나고 싶었다면 여기서 기다리고 있거나 적어도 메모라도 남기고 갔을 것이 아닌가.

요컨대 쥐는 무슨 이유인지 모르지만 나와 마주치고 싶지 않았던 것이다. 그러나 그는 나를 거부하고 있지는 않다. 만약에 나를 여기에 머물게 하고 싶지 않았다면 그에게는 나를 배제할 방법이 얼마든지 있었을 것이다. 왜냐하면, 이 집은 그의 집이니까.

나는 그 두 가지의 명제命題를 가슴에 안은 채 시계의 긴 바늘이 문자판을 천천히 한 바퀴 도는 것을 바라보고 있었다. 바늘이 한 바퀴 돈 뒤에도 나는 그 두 가지 명제의 핵심에 다다를 수 없었다.

양 사나이는 무언가를 알고 있다. 그것은 확실했다. 내가 여기에 온 것을 재빠르게 알아차린 바로 그 사람이, 반년 가까이나 여기에 살고 있던 쥐를 모를 리 없다.

생각하면 생각할수록 양 사나이의 행동은 쥐의 의사를 반영하고 있다고밖에는 생각할 수 없었다. 양 사나이는 내 여자친구를 산에서 내려가게 해 나를 혼자 있게 만들었다. 그의 등장은 아마도 무슨 예고임에 틀림없다. 내 주위에서 확실히 무언가 진행되고 있는 것이다. 주위는 깨끗이 정리되고 무슨 일인가 일어나려고 한다.

　나는 전깃불을 끄고 2층으로 올라가 누워서 달과 눈과 초원을 바라보았다. 구름 사이로 차가운 별빛이 보였다. 나는 창을 열고 밤의 냄새를 맡았다. 나뭇잎들이 스치는 소리에 섞여 무엇인가의 울음소리가 멀리서 들렸다. 새소리인지 짐승 소리인지 분간할 수 없는 기묘한 울음소리였다.

　이렇게 산 위에서의 일곱 번째 날이 지나갔다.

*

눈을 뜨고, 초원을 달리고 샤워를 하고 나서 아침을 먹었다. 여느 때와 똑같은 아침이었다. 하늘은 어제와 마찬가지로 잔뜩 흐려 있었지만 기온은 약간 올랐다. 아무래도 눈이 올 것 같지는 않았다.

　나는 블루진과 스웨터 위에 윈드브레이커를 뒤집어쓰고 가벼운 운동화를 신고 초원을 가로질러갔다. 그리고 양 사나이가 사라진 언저리에서 동쪽 숲으로 들어가 숲속을 돌아다녀보았다. 길다운 길은 물론 사람의 흔적도 없었다. 가끔 오래된 자작나무가 땅에 쓰러져 있었다. 지면은 평탄했지만 군데군데 말라버린 개천 같은, 아니면 참호의 흔적 같은 너비 1미터가량의 도랑이 있었다. 도랑은 구불구불 구부러지면서 몇 킬로미터나 이어져 있었다. 어떤 때는 깊어지고 어떤 때는 얕아지며, 그 밑바닥에는 복사뼈를 덮을 만큼의 낙엽이 쌓여 있었다. 도랑을 따라가니까 이윽고 말의 등처럼 우뚝 솟은 길이 나왔다. 길의 양쪽은 완만한 경사의 마른 골짜기였다. 낙엽 빛깔의 살찐 새가 바스락바스락 소리를 내며 길을 가로질러 숲속으로 사라졌다. 철쭉나무의 붉은 잎이 마치 타오르는 불처럼 숲 여기저기에 아로새겨져 있었다.

한 시간쯤 돌아다니다가 나는 방향감각을 잃고 말았다. 양 사나이를 찾을 계제가 아니었다. 나는 물소리가 들릴 때까지 마른 골짜기를 따라 걷다가, 시냇물을 찾고 나서는 흐름을 따라 하류 쪽으로 내려갔다. 내 기억이 정확하다면 폭포에 닿을 것이고, 폭포 가까이에서 우리가 올 때 지나왔던 길과 통할 것이다.

10분가량 걸어가니 폭포 소리가 들렸다. 시냇물은 바위에 부딪쳐 여기저기로 방향을 바꾸었고, 군데군데 얼음처럼 차가운 웅덩이를 만들고 있었다. 물고기는 없고 웅덩이의 수면에는 몇 장의 낙엽이 천천히 원을 그리고 있었다. 나는 바위를 타고 폭포를 내려간 다음 미끄러운 비탈길을 기어올라 눈에 익은 길로 나왔다.

다리 옆에서 양 사나이가 앉은 채 나를 바라보고 있었다. 양 사나이는 장작을 가득 담은 큰 자루를 어깨에 메고 있었다.

"여기저기 헤매고 돌아다니면 곰을 만날 텐데"라고 그는 말했다. "이 근처에서 한 마리가 헤매고 있는 것 같으니까. 어제 오후에 그 흔적을 발견했지. 돌아다니고 싶거든 자네도 나처럼 허리에 방울을 차는 게 좋을 거야."

양 사나이는 털옷의 허리 언저리에 안전핀으로 고정시킨 방울을 딸랑딸랑 흔들었다.

"당신을 찾고 있었어" 하고 나는 숨을 가라앉히고 나서 말했다.

"알고 있어"라고 양 사나이는 말했다. "찾고 있는 것이 보였으니까."

"그런데 왜 부르지 않았지?"

"당신 스스로 찾아내길 원한다고 생각했어. 그래서 가만히 있었지 뭐."

양 사나이는 팔에 달린 주머니에서 담배를 꺼내 맛있다는 듯이 피웠다. 나는 양 사나이의 옆에 걸터앉았다.

"여기서 살고 있나?"

"그래"라고 양 사나이는 말했다. "하지만 아무에게도 말하지 않았으면 좋겠어. 아무도 모르니까 말이야."

"하지만 내 친구는 당신에 대해서 알고 있지?"

침묵.

"아주 중요한 일이야."

침묵.

"당신이 내 친구의 친구라면 나와 당신도 친구인 셈이지?"

"그렇겠지"라고 양 사나이는 조심스럽게 말했다. "아마 그렇게 되겠지."

"당신이 내 친구라면 나한테 거짓말은 안 하겠지, 그렇지?"

"그래" 하고 양 사나이는 난처하다는 듯이 말했다.

"말해주지 않겠어? 친구로서."

양 사나이는 혀로 마른 입술을 핥았다. "말할 수 없어. 정말 미안하지만, 말할 수 없다고. 말하면 안 되게 돼 있거든."

"누가 입을 열지 못하게 했어?"

양 사나이는 조개처럼 입을 꽉 다물었다. 바람이 마른 나무들 사이에서 소리를 냈다.

"아무도 듣는 사람은 없어"라고 나는 가만히 말했다.

양 사나이는 내 눈을 빤히 쳐다보았다. "당신은 이곳의 일을 아무것도 모르는군?"

"몰라."

"좋아. 여기는 보통 장소가 아니야. 그것만은 기억해두는 게 좋을 거야."

"하지만 당신은 일전에 이곳은 좋은 곳이라고 했잖아."

"나한테는 그렇지"라고 양 사나이는 말했다. "내게는 여기 말고는 살 곳이 없으니까. 여기에서 쫓겨나면 이제 갈 곳이 없거든."

양 사나이는 입을 다물었다. 그에게서 그 이상의 말을 끌어내는 것은 불가능한 일 같아 보였다. 나는 장작이 들어 있는 자루를 바라보았다.

"그걸로 겨울 동안 불을 때는 건가?"

양 사나이는 말없이 고개를 끄덕였다.

"하지만 연기가 안 보이던데."

"아직은 불을 피우지 않아, 눈이 쌓일 때까지는. 하지만 눈이 쌓이고 나서 내가 불을 피운다 하더라도 당신에게는 연기가 보이지 않을걸. 그렇게 불을 때는 방법이 있거든."

양 사나이는 그렇게 말하고는 만족스러운 듯 싱긋 웃었다.

"눈은 언제쯤부터 쌓이기 시작할까?"

양 사나이는 하늘을 올려다본 다음 내 얼굴을 보았다. "금년엔 눈이 예년보다 이르다고. 앞으로 열흘 후쯤이면."

"앞으로 열흘이면 길이 얼어붙어버린단 말이지?"

"아마 그럴 거야. 아무도 올라오지 못하고 아무도 내려가지 못하지. 좋은 계절이야.”

“여기서 살 건가?”

“계속” 하고 양 사나이는 말했다. “오래오래 계속.”

“뭘 먹고 살지?”

“머위, 고비, 나무 열매, 새, 작은 물고기와 게도 잡히지.”

“춥지 않아?”

“겨울은 추운 법이야.”

“뭔가 부족한 게 있으면 나눠줄 수 있을 것 같은데.”

“고마워. 하지만 지금으로서는 별로 없어.”

양 사나이는 갑자기 일어나더니 초원 쪽으로 난 길을 걷기 시작했다. 나도 일어나 그의 뒤를 따랐다.

“왜 이곳에 숨어 살게 됐지?”

“틀림없이 당신은 웃을걸” 하고 양 사나이는 말했다.

“아마 웃지 않을 거야”라고 나는 말했다. 도대체 왜 웃어야 하는 건지 짐작도 가지 않았다.

“아무한테도 말하지 않을 거지?”

“아무한테도 말하지 않겠어.”

“전쟁에 나가고 싶지 않았거든.”

우리는 그대로 한동안 입을 다물고 걸었다. 나란히 걷고 있자니 양 사나이의 머리가 내 어깨 옆에서 흔들렸다.

"어느 나라와의 전쟁?" 하고 나는 물어보았다.

"몰라." 양 사나이는 콜록콜록 기침을 했다. "하지만 전쟁에 나가고 싶지 않았어. 그래서 양인 채로 있는 거야. 양인 채로 여기서 움직이지 않을 거야."

"주니타키에서 태어났나?"

"응, 하지만 누구에게도 말하지 말아줘."

"말하지 않을게"라고 나는 말했다. "마을을 싫어해?"

"산 아래 마을 말인가?"

"그래."

"좋아하지 않아. 군인들이 우글거리니까." 양 사나이는 다시 한번 기침을 했다. "당신은 어디서 왔지?"

"도쿄에서."

"전쟁에 관해 들은 이야기 있나?"

"아니."

양 사나이는 그것으로 나에 대한 흥미를 잃은 것 같았다. 우리는 초원의 입구에 닿을 때까지 아무 말도 하지 않았다.

"집에 들렀다 가지 않겠나?" 하고 나는 양 사나이에게 물어보았다.

"겨울을 맞이할 준비를 해야 돼"라고 그는 말했다. "아주 바빠. 다음에 들르지."

"내 친구를 만나고 싶어"라고 나는 말했다. "앞으로 일주일 안에 무슨 일이 있어도 그를 만나야 할 이유가 있거든."

양 사나이는 애처로운 얼굴로 고개를 저었다. 귀가 펄럭펄럭 흔들렸다. "미안하지만 전에도 말한 것처럼 난 아무것도 할 수 없어."

"만약 전할 수 있다면 말이야……."

"그래"라고 양 사나이는 말했다.

"고마워"라고 나는 말했다.

그리고 우리는 헤어졌다.

"돌아다닐 때는 아무쪼록 방울을 잊지 말도록 해" 하고 헤어질 때 양 사나이가 말했다.

그리고 나는 곧장 집으로 돌아왔고, 양 사나이는 전과 마찬가지로 동쪽 숲으로 사라졌다. 겨울 빛으로 칙칙한 무언無言의 푸른 초원이 우리 사이를 갈라놓았다.

*

그날 오후 나는 빵을 구웠다. 쥐의 방에서 찾아낸 《빵 굽는 법》이라는 책은 아주 친절한 책이어서, 표지에 "글자만 읽을 줄 알면 당신도 간단히 빵을 구울 수 있습니다"라고 쓰여 있었는데, 정말 그 말이 맞았다. 나는 책의 지시에 따라 아주 간단하게 빵을 구웠다. 온 집 안에 구수한 빵 냄새가 감돌고 따뜻한 분위기가 만들어졌다. 맛도 초보자의 솜씨치고는 나쁘지 않았다. 부엌에는 밀가루도 이스트도 잔뜩 있어서 여기서 겨울 한철을 나게 되더라도 빵 걱정만은 안 해도 될 것 같았다. 쌀도 스파게티도 질릴 정도로 있었다.

나는 저녁에 빵과 샐러드와 햄과 달걀을 먹고 식후에는 복숭아 통조림을 먹었다.

이튿날 아침 나는 쌀을 씻어 밥을 짓고 연어 통조림과 미역과 버섯을 사용해 필래프를 만들었다.

낮에는 냉동되어 있던 치즈케이크를 먹고 진한 밀크티를 마셨다.

3시에는 헤이즐넛 아이스크림에 쿠앵트로*를 쳐서 먹었다.

저녁에는 닭고기를 뼈째 오븐에 굽고 캠벨 수프를 먹었다.

*

나는 다시 살이 찌고 있다.

---

* 오렌지 껍질로 만든 무색의 프랑스산 리큐어. 일명 오렌지 술.

*

아흐레째의 점심때가 지나서 책장의 책을 바라보고 있다가 낡은 책 한 권이 아주 최근에 읽힌 듯한 흔적을 발견했다. 그 책의 윗부분만 먼지가 없이 깨끗하고, 책등이 줄에서 조금 비어져 나와 있었다.

나는 그것을 책장에서 꺼내 긴 의자에 앉아서 페이지를 넘겨보았다. 전쟁 중에 발행된 《아시아주의의 계보》라는 책이었다. 종이 질은 아주 나빴고 페이지를 넘길 때마다 곰팡이 냄새가 났다. 전쟁 중이라는 이유 때문인지 내용이 일방적으로만 쓰여 있어 3페이지마다 하품이 나올 만큼 따분했는데, 그럼에도 불구하고 군데군데 복자伏字*가 있었다. 2·26사건**에 관해서는 한 줄도 언급이 없었다.

무심코 책장을 넘기고 있는데 맨 마지막 페이지에 흰 메모 쪽지가 끼워져 있는 것이 눈에 들어왔다. 오래된 누런 종이를 줄곧 보아온 뒤라 그 하얀 종잇조각은 무슨 기적처럼 보였다. 그 페이지 오른쪽 끝에는 권말자료라고 되어 있었다. 거기에

---

* 인쇄물에서 내용을 밝히지 않으려고 O이나 X 등으로 대신 나타내는 것.
** 1936년 일본 군부의 청년 장교들이 중심이 되어 일으킨 국수주의적 쿠데타. 이후 일본은 군국체제로 돌변해 중국을 침략하게 된다.

는 유명 무명의 이른바 아시아주의자들의 성명, 생년월일, 본적이 게재되어 있었다. 가장자리부터 차례로 나가다가 중간쯤에서 '선생'의 이름을 발견했다. 나를 여기까지 오게 한 '양에 홀린' 선생이다. 본적은 홋카이도—군郡 주니타키읍.

나는 책을 무릎에 올려놓은 채 한동안 망연자실했다. 머릿속에서 말이 형성될 때까지 오랜 시간이 걸렸다. 마치 뭔가로 뒤통수를 세게 얻어맞은 것 같은 기분이었다.

알아차렸어야만 했다. 가장 먼저 알아차렸어야만 했던 것이다. 처음에 선생이 홋카이도 빈농 출신이라는 말을 들었을 때에 그것을 체크해두었어야만 했다. 선생이 아무리 교묘하게 과거를 지우고 있었다 하더라도 반드시 조사해볼 방법이 있었을 것이다. 그 검은 옷을 입은 비서라면 아마 당장에 조사해주었을 것이다.

아니다. 그게 아니다.

나는 고개를 저었다.

그가 그것을 조사하지 않았을 리 없다. 그 정도로 허술한 사람이 아니다. 설사 그것이 아무리 사소한 일일지라도 그는 모든 가능성을 검토했을 것이다. 마치 내 반응과 행동에 대한 온갖 가능성을 체크하고 있었던 것처럼.

그는 이미 모든 것을 알고 있었던 것이다.

그 이외에는 아무것도 생각할 수 없었다. 그럼에도 불구하고, 그는 일부러 귀찮게 수고를 해가며 설득하고 또는 협박해서 나를 이곳으로 보냈다. 왜지? 설사 무엇을 하더라도 나보다는 그들이 훨씬 능숙하게 할 수 있었을 것이다. 또 어떤 이유에서 나를 이용하지 않을 수 없었다 하더라도 처음부터 장소를 가르쳐줄 수도 있었을 것이다.

혼란이 가라앉자 이번에는 울화가 치밀기 시작했다. 모든 것이 기괴하고 잘못된 것 같은 느낌이 들었다. 쥐는 뭔가를 알고 있다. 그리고 검은 옷의 남자도 뭔가를 알고 있다. 나만 아무것도 모른 채 한가운데에 세워져 있다. 내가 생각하고 있는 일은 모두가 어긋나 있고, 내 모든 행동은 헛다리를 짚고 있다. 물론 내 인생은 항상 그런 식이었는지도 모른다. 그런 의미에서는 누구도 책망할 수 없을지 모른다. 그러나 적어도 그들은 이런 식으로 나를 이용해서는 안 되었던 것이다. 그들이 이용하고, 짜내고, 때려눕힌 것은 나에게 남아 있는 마지막, 정말 마지막 한 방울이었던 것이다.

모든 것을 내동댕이치고 지금 당장에라도 산을 내려가버리고 싶었지만, 그렇게 할 수도 없는 노릇이었다. 모든 것을 내동댕이치기에는 이미 너무 깊이 들어와버린 것이다. 가장 간단한 일은 소리 내어 울어버리는 것이었지만 울 수도 없었다.

훨씬 뒤에 내가 정말로 울어야 할 뭔가가 존재하고 있는 듯한 느낌이 들었기 때문이다.

　나는 부엌으로 가서 위스키 병과 잔을 가져다가 5센티미터 정도를 마셨다. 위스키를 마시는 것 이외에는 아무것도 생각나지 않았다.

거울에 비치는 것,
거울에 비치지 않는 것

열흘째 되는 날 아침 나는 모든 것을 잊기로 했다. 잊을 만한 것은 이미 몽땅 잊어버렸다.

그날 아침 한창 조깅을 하고 있는데 두 번째 눈이 내리기 시작했다. 질척한 진눈깨비가 얼음 조각으로 바뀌더니 곧 불투명한 눈이 되었다. 산뜻했던 첫눈과는 달리 이번 눈은 몸에 달라붙는 불쾌한 느낌의 눈이었다. 나는 조깅을 도중에 그만두고 집으로 돌아와 목욕물을 데웠다. 목욕물이 데워질 때까지 줄곧 난로 앞에 앉아 있었는데 몸은 녹지 않았다. 축축한 냉기가 몸속 깊이 스며들어 있었다. 장갑을 벗어도 손가락을 구부릴 수 없었고, 귀는 당장에라도 떨어져나갈 것처럼 찌릿하게 아팠다. 온몸이 질 나쁜 종이처럼 꺼끌거렸다.

뜨거운 목욕물에 30분간 몸을 담그고 브랜디를 넣은 홍차를 마시자 겨우 몸이 정상으로 되돌아왔다. 그래도 때때로 엄습하는 오한은 두 시간이나 계속되었다. 이것이 산의 겨울인 것이다.

눈이 저녁때까지 계속 내려 초원은 온통 흰색으로 뒤덮였다. 밤의 어둠이 주변을 감쌀 무렵 눈은 그치고 다시 깊은 침묵이 안개처럼 다가왔다. 나로서는 막을 길 없는 침묵이었다. 나는 플레이어를 자동반복으로 해놓고 빙 크로스비Bing Crosby의 〈화이트 크리스마스White Christmas〉를 스물여섯 번 들었다.

물론 쌓인 눈은 영구적인 것은 아니었다. 양 사나이가 예언했던 것처럼 대지가 얼어붙어버릴 때까지는 아직 조금 짬이 있다. 이튿날은 맑게 개어 오랜만의 햇빛이 서서히 눈을 녹이고 있었다. 초원의 눈은 조금씩 사라져가고, 남은 눈은 햇살을 눈부시게 반사하고 있었다. 지붕에 쌓인 눈은 큰 덩어리가 되어 경사면을 미끄러져 소리 내며 땅으로 떨어져 부서졌다. 눈이 녹아 물방울이 되어 떨어지고 있었다. 모든 것이 또렷하게 반짝이고 있었고, 모밀잣밤나무의 잎 한 장 한 장의 끝에 작은 물방울이 맺혀 빛났다.

나는 주머니에 양손을 찔러 넣고 거실 창가에 선 채로 가만히 바깥 풍경을 바라보았다. 모든 것이 나와는 관계없이 전개되고 있다. 나의 존재와는 관계없이 ─ 누구의 존재와도 관계없이 ─ 모든 것은 흘러가는 것이다. 눈은 내리고 다시 눈은 녹는다.

나는 눈이 녹거나 허물어지는 소리를 들으면서 집 안 청소를 했다. 눈 때문에 몸이 완전히 둔해져 있었던 데다 형식적으로 나는 남의 집에 멋대로 들어와 있는 셈이니까 청소 정도는 하는 게 좋다. 게다가 원래 요리나 청소를 싫어하진 않는다.

그러나 넓은 집을 깨끗하게 청소한다는 것은 생각보다 훨씬 힘든 노동이었다. 차라리 10킬로미터를 뛰는 게 덜 힘들 것 같았다. 나는 구석구석 먼지를 털고 나서 청소기로 먼지를 빨아들였다. 그리고 마룻바닥을 가볍게 물걸레질한 뒤 웅크리고 앉아 마루에 왁스칠을 했다. 반쯤 하자 숨이 차왔다. 그래도 담배를 끊은 덕택에 그다지 심하진 않았다. 목구멍에 뭔가 걸리는 것 같은 불쾌감이 없었다. 나는 부엌에서 차가운 포도주스를 마시고 한숨 돌리고 난 다음 점심 전에 나머지를 해치웠다. 블라인드를 모두 열어젖히자 왁스칠을 한 덕분에 집 안 전체에 반들반들 윤이 났다. 그리운 촉촉한 대지 냄새와 왁스 냄새가 상쾌하게 어우러졌다.

왁스칠할 때 사용한 여섯 장의 걸레를 빨아서 밖에 넌 다음,

냄비에 물을 끓여 스파게티를 삶았다. 명란과 버터를 듬뿍 넣고 백포도주와 간장을 넣었다. 오래간만에 느긋하게 점심 식사를 했다. 근처 숲에서 오색딱따구리 우는 소리가 들렸다.

스파게티를 해치운 후 설거지를 하고 나서 청소를 계속했다. 욕조와 세면대, 변기를 닦고 가구를 닦았다. 가구는 쥐가 손질을 잘하고 있었던 덕분에 그다지 더러운 부분이 없어 가구 닦는 스프레이만으로도 곧 산뜻해졌다. 그리고 긴 고무호스를 집 밖으로 가지고 나가 창과 블라인드의 먼지를 씻어냈다. 그 정도만으로도 집 전체가 산뜻해졌다. 집 안으로 들어와 유리창의 안쪽을 닦고 청소를 끝냈다. 그리고 저녁때까지 두 시간가량 레코드를 들으며 보냈다.

저녁때가 되어 쥐의 방에 새 책을 가지러 가다가 계단 옆에 있는 커다란 거울이 몹시 더러운 것을 보고 걸레와 유리용 스프레이로 닦았다. 그러나 아무리 닦아도 깨끗해지지가 않았다. 나는 왜 쥐가 이 거울만은 더럽게 그대로 내버려두었는지 이해할 수 없었다. 나는 양동이에 미지근한 물을 담아 나일론 수세미로 일단 거울에 들러붙은 기름기를 문질러 닦아내고 나서 다시 걸레로 닦았다. 거울은 양동이의 물이 새까매질 정도로 때가 끼어 있었다.

정교한 장식으로 테두리가 되어 있는, 보기에도 오래된 거울이었지만 값비싼 물건 같았고, 깨끗이 닦고 나니 뿌연 부분이 한 군데도 없었다. 일그러진 부분도 없고 흠집도 없었으며, 머리끝에서 발끝까지 전신을 비춰볼 수 있었다. 나는 거울 앞에 서서 한동안 내 몸을 바라보았다. 특별히 이상한 데는 없었다. 나는 나였고, 항상 짓는 멍한 표정을 짓고 있었다. 다만 거울 속의 영상은 필요 이상으로 또렷했다. 거기에는 거울에 비친 영상 특유의 단조로움이 결여되어 있었다. 내가 거울에 비친 나를 바라보고 있다기보다는, 마치 내가 거울에 비친 영상이고, 영상으로서의 밋밋한 내가 진짜 나를 바라보고 있는 것처럼 보였다. 나는 오른손을 얼굴 앞으로 가져가 손등으로 입가를 훔쳐보았다. 거울 속의 나도 똑같은 동작을 취했다. 그러나 그것은 거울 속의 내가 한 짓을 내가 되풀이한 건지도 모른다. 이제 와서는 내가 진짜로 자유의지를 갖고 손등으로 입가를 훔친 건지 아닌지 확신을 가질 수 없었다.

나는 '자유의지'라는 말을 머릿속에 담아두고 왼손의 엄지와 검지로 귀를 잡았다. 거울 속의 나도 완전히 똑같은 동작을 취했다. 그도 역시 나와 마찬가지로 '자유의지'라는 말을 머릿속에 담아두고 있는 것처럼 보였다.

나는 단념하고 거울 앞을 떠났다. 그도 역시 거울 앞을 떠났다.

*

열이틀째에 세 번째 눈이 내렸다. 내가 눈을 떴을 때 이미 눈
은 내리고 있었다. 아주 조용하게 내리는 눈이었다. 단단하지
도 않고 질퍽한 물기도 없었다. 그것은 천천히 하늘에서 내려
와 쌓이기 전에 녹았다. 살며시 눈을 감는 것처럼 조용히 내
리는 눈이었다.

　나는 벽장에서 낡은 기타를 꺼내 와서 어렵게 줄을 조율하
여 옛 곡을 쳐보았다. 베니 굿맨Benny Goodman의 〈에어메일 스페
셜Airmail special〉을 들으면서 연습하다 보니 어느새 점심때가 되
어, 벌써 딱딱하게 굳어버린 직접 만든 빵에 두껍게 썬 햄을
끼워 캔 맥주와 함께 먹었다.

　30분쯤 기타 연습을 하고 있었는데 양 사나이가 왔다. 눈은
여전히 조용히 내리고 있었다.

　"방해가 된다면 다시 오지" 하고 현관문을 연 채로 양 사나
이는 말했다.

　"아니, 괜찮아. 따분하던 참이니까." 나는 기타를 바닥에 내
려놓으며 그렇게 말했다.

　양 사나이는 전과 마찬가지로 신발의 진흙을 문밖에서 털
고 나서 집 안으로 들어왔다. 눈 속에서는 그의 두툼한 양 가

죽옷이 아주 잘 어울렸다. 그는 내 맞은편 소파에 앉아서 팔걸이에 두 손을 올려놓고 몸을 들썩거렸다.

"아직 쌓이지 않았나?"라고 나는 물었다.

"아직 쌓이지 않아"라고 양 사나이는 대답했다. "눈에는 쌓이는 눈과 쌓이지 않는 눈이 있거든. 이건 쌓이지 않는 눈이야."

"그래?"

"쌓이는 눈은 다음 주에 내릴 거야."

"맥주라도 마시겠어?"

"고마워. 하지만 이왕이면 브랜디가 더 좋겠는데."

나는 부엌으로 가서 그를 위한 브랜디와 나를 위한 맥주를 준비해 치즈 샌드위치와 함께 거실로 가져왔다.

"기타를 치고 있었군" 하고 양 사나이는 감동한 듯이 말했다. "나도 음악은 좋아하거든. 악기는 아무것도 다룰 줄 모르지만 말이야."

"나도 잘 못해. 벌써 10년 가까이나 치지 않았거든."

"그래도 좋으니까 조금만 쳐보지그래."

나는 양 사나이가 무안할까 봐 〈에어메일 스페셜〉의 멜로디를 대강 치고 나서 1절만, 애드리브 같은 것을 치려다가 소절小節 수를 잊어버려 그만두었다.

"잘하는데" 하고 양 사나이는 진지하게 칭찬해주었다. "악기를 다룰 수 있다는 건 즐거운 일이겠지?"

"잘한다면. 하지만 잘하려면 귀가 좋지 않으면 안 되고 귀가 좋으면 자신이 치는 소리가 지긋지긋해지거든."

"그런가?" 하고 양 사나이는 말했다.

양 사나이는 브랜디를 잔에 따라서 홀짝홀짝 마셨고, 나는 캔 맥주를 따서 그대로 마셨다.

"전하라는 말은 전하지 못했어"라고 양 사나이는 말했다.

나는 말없이 고개만 끄덕였다.

"그 말 하려고 온 건가?"

나무벽에 걸린 달력을 보았다. 붉은 사인펜으로 표시해놓은 날짜까지 이제 사흘밖에 남지 않았다. 그러나 그것도 이제는 어떻게 되든 상관없는 일이었다.

"상황이 달라졌어"라고 나는 말했다. "나는 몹시 화가 나 있지. 이처럼 화가 난 건 난생처음이야."

양 사나이는 브랜디 잔을 손에 든 채 묵묵히 있었다.

나는 기타를 집어 들어 그 등판을 힘껏 난로의 벽돌에 후려 쳤다. 거대한 불협화음과 함께 등판이 박살 났다. 양 사나이는 소파에서 벌떡 일어났다. 귀가 떨리고 있었다.

"나에게도 화를 낼 권리는 있어"라고 나는 말했다. 나 자신을 향해 한 말이기도 했다. 나에게도 화를 낼 권리는 있다.

"아무것도 해주지 못해서 미안해. 하지만 알아줬으면 해. 난 당신을 좋아한다구."

우리는 한동안 눈을 바라보았다. 마치 조각난 구름이 하늘에서 떨어지는 것 같은 보드라운 눈이었다.

나는 새 맥주를 가지러 부엌으로 갔다. 계단 앞을 지날 때 거울이 보였다. 또 한 사람의 나도 역시 맥주를 가지러 가는 중이었다. 우리는 얼굴을 마주 보고 한숨을 쉬었다. 우리는 서로 다른 세계에 살면서 같은 생각을 하고 있었다. 마치 〈덕 수프Duck Soup〉*의 그루초 막스와 하포 막스처럼.

내 뒤로 거실이 비치고 있었다. 내 뒤의 거실과 거울 속의 거실은 같은 거실이었다. 소파도 카펫도 시계도 그림도 책장도 모든 것이 똑같았다. 그다지 멋있다고는 할 수 없지만 지내기에는 나쁘지 않은 거실이다. 그런데 뭔가가 달랐다. 아니, 뭔가가 다른 것 같은 느낌이 들었다.

나는 냉장고에서 파란색 뢰벤브로이 캔을 꺼내 손에 들고 돌아오는 길에 다시 한번 거울 속의 거실을 바라보고, 그리고 진짜 거실을 바라보았다. 양 사나이는 소파에 앉아서 여전히

---

* 레오 매커리 감독의 1930년작 코미디 영화. 똑같은 나이트가운에 산타 모자를 쓰고 얼굴에 수염을 그리고 나온 막스 형제가 서로를 바라보며 거울을 보는 듯 연기하는 장면이 화제가 되었다.

멍하니 눈을 바라보고 있었다.

　나는 거울 속 양 사나이의 모습을 확인해보았다. 그러나 양 사나이의 모습은 거울 속에는 없었다. 아무도 없는 휑뎅그렁 한 거실에 응접세트가 놓여 있을 뿐이었다. 거울 속의 세계에 서 나는 외톨이였다. 등골이 삐걱거리는 소리를 냈다.

*

"안색이 안 좋은데"라고 양 사나이가 말했다.

　나는 소파에 앉아 말없이 캔 맥주를 따서 한 모금 마셨다.

　"감기가 든 모양이지. 익숙하지 않은 사람에게 이곳 겨울은 춥거든. 공기도 습하고 오늘은 일찍 자는 게 좋겠군."

　"아니야"라고 나는 말했다. "오늘은 자지 않겠어. 여기서 친 구를 기다리겠어."

　"오늘 온다는 걸 알 수 있나?"

　"알지"라고 나는 말했다. "그는 오늘 밤 10시에 여기에 올 거야."

　양 사나이는 말없이 나를 쳐다보았다. 마스크 사이로 엿보 이는 눈에는 표정이라곤 전혀 없었다.

　"오늘 밤 짐을 싸서 내일은 떠날 거야. 그를 만나거든 그렇게 전해줘. 아마 그럴 필요도 없을 거라고 생각하지만."

양 사나이는 알았다는 듯이 고개를 끄덕였다. "당신이 가버리면 쓸쓸하겠군. 어쩔 수 없는 일이라는 건 알지만 말이야. 헌데 치즈샌드위치를 가져가도 될까?"

"그럼."

양 사나이는 종이 냅킨에 샌드위치를 싸서 주머니에 넣고는 장갑을 꼈다.

"만날 수 있으면 좋겠는데" 하고 양 사나이는 돌아갈 때 말했다.

"만날 수 있겠지"라고 나는 말했다.

양 사나이는 초원의 동쪽으로 사라져갔다. 이윽고 눈의 베일이 완전히 그를 감쌌다. 그러고는 침묵만이 남았다.

나는 양 사나이의 잔에 브랜디를 2센티미터 정도 부어 단숨에 들이켰다. 목구멍이 뜨거워지고 이윽고 위까지 뜨거워졌다. 그리고 30초쯤 지나자 몸의 떨림이 멎었다. 괘종시계의 소리만이 머릿속에서 울려 퍼지고 있었다.

아마 자야 할 것이다.

나는 2층에서 담요를 가져다가 소파 위에서 잤다. 나는 사흘 동안 숲속을 헤맨 아이처럼 녹초가 되어 있었다. 눈을 감자마자 잠이 들었다.

나는 나쁜 꿈을 꾸었다. 아주 불쾌한, 떠올리고 싶지 않을
정도로 기분 나쁜 꿈이었다.

그리고 시간은 흘러간다

어둠이 소리 없이 다가왔다. 누군가가 거대한 해머로 얼어붙은 지구를 부수고 있었다. 해머는 정확히 여덟 번 지구를 내리쳤다. 지구는 깨지지 않았다. 약간 금이 갔을 뿐이었다.

8시, 밤 8시.

나는 머리를 흔들며 눈을 떴다. 몸이 저리고 머리가 지끈거렸다. 누군가가 나를 얼음과 함께 셰이커에 넣고 마구 흔들어대는 것 같았다. 어둠 속에서 잠이 깨는 것처럼 불쾌한 일은 없다. 모든 것을 처음부터 다시 시작해야만 될 것 같은 느낌이 드는 것이다. 눈을 뜨고 처음 얼마 동안은 마치 다른 사람의 인생을 살아가고 있는 듯한 기분이 들었다. 그것이 자신의 인생과 겹쳐지기까지는 꽤 시간이 걸린다. 자신의 인생을 남의 인생으로 바라보는 것은 기묘한 일이다. 그런 인물이 살아 있다는 것 자체가 불가사의하게 생각된다.

나는 부엌의 수도에서 얼굴을 씻고 물을 두 잔 마셨다. 물은 얼음처럼 차가웠지만 그래도 얼굴의 화끈거림은 가라앉지 않았다. 나는 다시 소파에 앉아 어둠과 침묵 속에서 내 인생의 파편을 그러모았다. 대단한 것은 없었지만 그래도 그것은 내 인생이었다. 그리고 서서히 나 자신으로 되돌아왔다. 내가 나 자신이라는 것을 남에게는 설명할 수 없다. 게다가 사람들의 흥미를 끌지도 못할 것이다.

누군가가 보고 있는 것 같은 느낌이 들었지만 그다지 신경 쓰이지는 않았다. 넓은 방에 혼자 외로이 있으면 그런 느낌이 드는 법이다.

나는 세포에 대해서 생각해보았다. 아내가 말했듯이 결국엔 모든 것을 잃어가는 것이다. 자기 자신조차도 상실해간다. 나는 손바닥으로 내 볼을 눌러보았다. 어둠 속에서 손 안에 느껴지는 내 얼굴은 내 얼굴 같지 않았다. 내 얼굴 모습을 한 다른 사람의 얼굴이었다. 기억조차도 불확실하다. 모든 사물의 이름이 용해되어 어둠 속으로 빨려 들어간다.

어둠 속에서 8시 반을 알리는 종소리가 울려 퍼졌다. 눈은 그쳤지만 여전히 두꺼운 구름이 하늘을 덮고 있었다. 완전한 어둠이었다. 나는 오랫동안 소파에 파묻힌 채 엄지손톱을 물어뜯었다. 내 손조차 똑똑히 보이지 않았다. 난로를 꺼놓은 탓인지 방 안은 썰렁했다. 나는 담요를 뒤집어쓰고 멍하니 어둠속을 바라보았다. 깊은 우물 바닥에 웅크리고 있는 것 같은 느낌이 들었다.

시간이 흘렀다. 어둠의 입자가 내 망막에 이상한 도형을 그렸다. 그려진 도형은 잠시 후에 소리도 없이 사라지고 다른 도형이 그려졌다. 수은水銀처럼 정지한 공간 속에서 어둠만이 흐르고 있었다.

나는 생각하는 걸 포기하고 시간의 흐름에 모든 걸 맡겼다. 시간은 나를 흘려보냈다. 새로운 어둠이 새로운 도형을 그렸다.

시계가 9시를 쳤다. 아홉 번째 종소리가 서서히 어둠 속으로 빨려 들어가자 침묵이 그 틈새를 비집고 들어왔다.

"이야기해도 될까?"라고 쥐가 말했다.

"되고말고"라고 나는 말했다.

어둠 속에 사는 사람들

"되고말고"라고 나는 말했다.

"약속 시간보다 한 시간이나 일찍 왔어" 하고 쥐는 미안하다
는 듯이 말했다.

"괜찮아. 보다시피 한가한데, 뭐."

쥐는 조용히 웃었다. 그는 내 등 뒤에 있었다. 마치 등을 맞
대고 앉아 있는 듯한 느낌이었다.

"왠지 옛날로 돌아간 듯한 느낌이야"라고 쥐는 말했다.

"아마 우리는 서로 시간이 남아돌지 않고는 정직하게 이야
기를 나누지 못하나 봐"라고 나는 말했다.

"아무래도 그런 모양이지."

쥐는 미소 지었다. 칠흑 같은 어둠 속에서 등을 맞대고 있어

도 그의 미소를 느낄 수 있다. 별것 아닌 공기의 흐름이나 분위기만으로도 여러 가지 일을 알 수 있다. 예전부터 우리는 친구였다. 이제는 생각나지 않을 정도로 오래된 이야기지만 말이다.

"하지만 무료할 때의 친구가 진정한 친구라고 누군가가 말했지"라고 쥐는 말했다.

"네가 말하지 않았나?"

"여전히 감이 좋군. 맞았어."

나는 한숨을 쉬었다. "하지만 이번 소동에 관해서는 난 어지간히도 감이 나빴지. 죽어버리고 싶을 정도야. 너희들이 그처럼 많은 힌트를 줬는데도 말이야."

"어쩔 수 없지. 그래도 잘한 편이야."

우리는 입을 다물었다. 쥐는 다시 자기 손을 뚫어지게 바라보고 있는 것 같았다. 쥐가 다시 입을 열었다.

"네게는 어지간히 폐를 끼치고 말았어"라고 쥐는 말했다. "정말이지 미안하게 생각해. 하지만 그 이외엔 방법이 없었어. 너 말고는 믿을 만한 사람이 없었거든. 편지에도 썼듯이 말이야."

"그 일에 대해서 이야기 좀 듣고 싶어. 이대로는 납득할 수 없으니까 말이야."

"그렇겠지"라고 쥐는 말했다. "물론 이야기해야지. 하지만 그 전에 맥주나 한 잔씩 마시자고."

내가 일어서려는 것을 쥐가 말렸다.

"내가 가져오지"라고 쥐는 말했다. "어쨌든 여기는 내 집이니까."

쥐가 어둠에 익숙한 발걸음으로 부엌까지 가서 냉장고를 열어 캔 맥주를 한 아름 꺼내는 소리를 들으며 나는 눈을 떴다 감았다 했다. 방 안의 어둠과 눈을 감았을 때의 어둠은 어둠의 색이 조금 다르다.

쥐가 돌아와서 테이블 위에 캔 맥주를 몇 개 내려놓았다. 나는 손으로 더듬어 하나를 따서 반쯤 마셨다.

"보이지 않으니까 맥주가 아닌 것 같군" 하고 나는 말했다.

"미안하지만 어둡지 않으면 좀 곤란하거든."

우리는 한동안 말없이 맥주를 마셨다.

"그건 그렇고" 하고 쥐는 말하며 헛기침을 했다. 나는 빈 캔을 테이블 위에 다시 놓고 담요를 뒤집어쓴 채 쥐가 이야기를 시작하길 조용히 기다렸다. 그러나 그다음 말은 이어지지 않았다. 어둠 속에서 쥐가 남은 맥주의 양을 확인하기 위해 캔을 좌우로 흔드는 소리만 들릴 뿐이었다. 그의 버릇이었다.

"그건 그렇고" 하고 쥐는 다시 한번 말했다. 그리고 남은 맥주를 단숨에 들이켠 다음 딱 하는 건조한 소리를 내며 캔을 테이블 위에 놓았다. "우선, 어떻게 해서 내가 여기에 오게 됐는지부터 시작하기로 하지. 괜찮겠지?"

나는 대답하지 않았다. 내게 대답할 마음이 없다는 걸 확인하고 나서 쥐는 이야기를 계속했다.

"우리 아버지가 이 땅을 산 건 1953년의 일이었어. 내가 다섯 살 때지. 무슨 생각으로 이런 데 땅을 샀는지 나는 잘 몰라. 아마 미군과 관계된 루트를 통해 싼값에 불하받은 게 아닌가 싶어. 너도 알다시피 여기는 교통편이 말이 아니니까. 여름에는 그렇다고 쳐도 일단 눈이 쌓였다 하면 어떻게 할 도리가 없지. 미군은 도로를 정비해서 레이더 기지로 쓸 작정이었던 모양이지만, 결국 시간과 비용을 생각해서 그만둔 거야. 물론 마을도 돈이 없으니까 도로공사에 손을 댈 엄두도 못 냈지. 도로를 정비해봤자 특별히 쓸모가 있는 것도 아니었거든. 그래서 이 땅은 버려진 땅이 되고 만 거야."

"양 박사는 이리로 돌아오고 싶어 하지 않았나?"

"양 박사는 내내 기억 속에 살고 있는 거야. 그 사람은 아무 데도 돌아가고 싶어 하지 않아."

"그럴지도 모르지"라고 나는 말했다.

"맥주를 더 마시지그래"라고 쥐가 말했다.

생각 없어, 라고 나는 말했다. 난로를 꺼버렸기 때문에 몸속 심지까지 얼어버릴 것 같았다. 쥐는 맥주 뚜껑을 따서 혼자 마셨다.

"아버지는 이 땅이 아주 마음에 들어서 손수 길을 고치고 집도 손질했지. 돈이 꽤 들었을 거야. 하지만 그 덕분에 차만 있으면 여름에는 그런대로 정상적인 생활을 할 수 있게 됐지. 난방 장치, 수세식 화장실, 샤워, 전화, 비상용 자가발전기 등을 설치했거든. 정말 양 박사가 여기서 어떤 식으로 살고 있었는지 난 짐작도 할 수 없을 정도야."

쥐는 트림인지 한숨인지 분간할 수 없는 소리를 냈다.

"1955년부터 1963년 무렵까지 우리는 여름이 되면 여기에 오곤 했지. 아버지, 어머니와 누나와 나, 그리고 잡일을 하는 여자애와 말이야. 생각해보면 그때가 내 인생에서 제일 정상적인 시절이었어. 지금도 그렇지만, 목초지를 마을에 빌려주고 있었기 때문에 여름이 되면 이곳은 마을의 양으로 가득 찼지. 사방에 양뿐이었어. 그래서 내 여름의 기억은 항상 양과 결부되어 있었던 거야."

별장을 갖는다는 것이 어떤 일인지 나는 이해할 수 없었다. 아마 평생 이해할 수 없을 것이다.

"그런데 1960년대 중반부터 우리 가족은 거의 여기에 오지 않게 됐어. 집에서 좀 더 가까운 곳에 별장을 하나 더 갖게 된 탓도 있고, 누나가 결혼해버린 탓도 있고, 내가 가족과 서먹해진 탓도 있고, 아버지 회사가 한동안 복잡했고, 뭐 이런저런 일들 때문이지. 어쨌든 그런 식으로 이 땅은 다시 버림받게 된 거야. 내가 마지막으로 여기에 온 게 1967년이었던가. 그때는 혼자서 왔지. 혼자 한 달 동안 여기서 지냈어."

쥐는 이 대목에서 뭔가를 떠올리는 것처럼 잠깐 입을 다물었다.

"외롭진 않았어?"라고 나는 물어보았다.

"외롭긴, 가능하면 계속 여기서 지내고 싶었어. 그런데 그렇게 할 수 없었지. 왜냐하면 여기는 아버지의 집이잖아. 아버지에게 신세 지고 싶지는 않았거든."

"지금도 그렇잖아?"

"그건 그래"라고 쥐는 말했다. "그래서 나는 여기만큼은 오고 싶지 않았어. 그런데 삿포로의 돌고래 호텔 로비에서 이곳의 사진을 우연히 보았을 때 꼭 한 번 와보고 싶어진 거야. 말하자면 감상에 젖어서 말이야. 너도 그런 때가 있겠지?"

"응" 하고 나는 말했다. 그러고 나서 매립되어 버린 바다 생각을 했다.

"그리고 거기서 양 박사의 이야기를 들은 거야. 등에 별 모양이 있는 꿈속의 양에 대한 이야기 말이야. 그 일 알고 있지?"

"알고 있어."

"그다음 일은 간단히 설명할게"라고 쥐는 말했다. "나는 그 이야기를 듣고 갑자기 여기서 겨울을 나고 싶어진 거야. 아버지의 집이라는 사실은 이제 상관없다는 생각이 들었어. 그래서 나는 장비를 갖추고 이곳에 왔지. 마치 뭔가에 홀린 것처럼 말이야."

"그리고 그 양을 만났겠지?"

"맞았어"라고 쥐는 말했다.

*

"그 뒤의 일을 이야기하는 건 정말 괴로워." 쥐는 말했다. "이 괴로움은 어떻게 이야기해도 너는 이해하지 못할 거야."

쥐는 두 번째의 빈 맥주 캔을 우그러뜨렸다.

"가능하면 네가 물어봐주지 않을래? 너도 이제 대충은 알고 있겠지?"

나는 말없이 고개를 끄덕였다. "질문의 순서가 뒤죽박죽이라도 상관없겠어?"

"상관없어."

"너는 이미 죽은 거지?"

쥐가 대답할 때까지 무서울 정도로 긴 시간이 흘렀다. 불과 몇 초였는지도 모르지만, 그것은 나에게는 무서울 정도로 긴 침묵이었다. 입 안이 바싹바싹 말랐다.

"그래"라고 쥐는 조용히 말했다. "나는 죽었어."

시계의 태엽을 감는 쥐

"부엌의 대들보에 목을 맸어"라고 쥐는 말했다. "양 사나이가
차고 옆에 묻어주었지. 죽는 건 그다지 고통스럽지 않더군.
만약 네가 그걸 걱정하고 있다면 말이야. 하지만 사실 그런
건 아무래도 좋아."

"언제?"

"네가 여기에 오기 일주일 전이야."

"그때 시계의 태엽을 감았지?"

쥐는 웃었다. "정말 이상한 일이야. 30년에 걸친 인생의 마
지막 순간에 한 일이 겨우 시계의 태엽을 감는 일이었다니 말
이야. 죽어가는 녀석이 왜 시계의 태엽 따위를 감는 걸까? 참
이상한 일이지."

쥐가 입을 다물자 주위는 고요하니 시계 소리만이 들렸다. 눈이 그 이외의 모든 소리를 빨아들이고 있었다. 마치 우주 속에 우리 두 사람만 남겨진 것 같은 기분이었다.

"만약⋯⋯."

"그만둬" 하며 쥐는 내 말을 가로막았다. "이제 만약은 없어. 너도 그건 알고 있을 거야. 안 그래?"

나는 고개를 저었다. 이해할 수 없었다.

"만약 네가 일주일 일찍 여기에 왔다고 하더라도 역시 나는 죽었을 거야. 그야 좀 더 밝고 따뜻한 데서 만날 수 있었을지도 모르지. 하지만 마찬가지야. 내가 죽어야만 한다는 사실에는 변함이 없어. 더욱 괴로울 뿐이지. 게다가 난 그런 괴로움을 견딜 수 없었을 거야."

"왜 죽어야만 했던 거지?"

어둠 속에서 손바닥을 비비는 소리가 들렸다.

"그 이유에 대해서는 별로 말하고 싶지 않아. 결국은 자기변명이 되고 마니까. 죽은 자가 자기변명을 하는 것처럼 꼴불견은 없다고 생각지 않나?"

"하지만 네가 말하지 않으면 나는 이해할 수 없어."

"맥주를 더 마시지그래."

"추워서 그래"라고 나는 말했다.

"이제 그다지 춥지 않아."

나는 떨리는 손으로 캔을 따서 맥주를 한 모금 마셨다. 마셔 보니 아닌 게 아니라 이제 그다지 춥지는 않았다.

"간단히 말할게. 네가 아무한테도 말하지 않겠다고 약속해 준다면 말이야."

"내가 말한다고 해서 도대체 누가 믿어주겠어?"

"그건 그렇군" 하고 말하며 쥐는 웃었다.

"아마 아무도 믿지 않겠지. 말도 안 되는 일이니까 말이야."

시계가 9시 반을 알리는 종을 쳤다.

"시계를 멈추게 해도 될까?"라고 쥐가 물었다. "시끄러워서 말이야."

"물론이지. 네 시계잖아."

쥐는 일어서서 괘종시계의 문을 열고 추를 세웠다. 모든 소리와 모든 시간이 지상에서 모습을 감추었다.

"간단히 말하면, 나는 양을 삼킨 채로 죽은 거야"라고 쥐는 말했다. "양이 깊이 잠들길 기다렸다가 부엌의 대들보에 밧줄을 걸고 목을 맨 거지. 놈은 빠져나갈 여유도 없었어."

"정말 그렇게 해야만 했어?"

"정말 그렇게 해야만 했어. 조금만 더 늦었다면 양은 완전히 나를 지배했을 테니까, 마지막 기회였지."

쥐는 다시 한번 손바닥을 비볐다. "난 제대로 된 모습으로 너를 만나고 싶었던 거야. 내 기억과 나 자신의 나약함을 지닌 본래의 내 모습으로. 너에게 암호 비슷한 사진을 보낸 것도 그 때문이지. 네가 우연히 이곳에 오게 된다면 나는 마지막으로 구원받을 거라고 말이야."

"그래서 구원받았나?"

"구원받았지"라고 쥐는 조용히 대답했다.

*

"요점은 나약하다는 거야"라고 쥐는 말했다. "모든 것은 거기서 비롯되고 있어. 너는 그 나약함을 이해할 수 없을 거야."

"사람은 누구나 나약하지."

"그건 일반론이지"라고 말하며 쥐는 몇 번인가 손가락을 딱딱 튕겼다. "일반론을 아무리 늘어놓아도 사람은 아무 데도 갈 수 없어. 나는 지금 아주 개인적인 이야기를 하고 있는 거야."

나는 잠자코 있었다.

"나약함이란 것은 몸속에서 썩어가는 거야. 마치 괴저병壞疽病*

---

* 몸 조직의 일부가 썩어 기능을 상실하는 병. 괴사와 비슷함.

처럼, 나는 십 대 중반부터 줄곧 그것을 느끼고 있었어. 그래서 언제나 초조했지. 자신의 속에서 뭔가가 썩어간다는 것 그리고 그것을 본인이 느낀다는 것이 어떤 일인지 너는 알겠어?"

나는 담요를 뒤집어쓴 채 입을 다물고 있었다.

"아마 너는 모를 거야" 하고 쥐는 말을 이었다. "너에게는 그런 면이 없으니까. 그러나 어쨌든 그건 나약함이야. 나약함은 유전병과 같지. 어느 정도 안다고 해도 스스로 고칠 수 없는 거야. 어느 순간에 없어져버리는 것도 아니고. 점점 나빠져갈 뿐이지."

"무엇에 대한 나약함이라는 거지?"

"전부 다. 도덕적인 나약함, 의식의 나약함, 그리고 존재 그 자체의 나약함."

나는 웃었다. 이번에는 제대로 웃을 수 있었다. "그야 그런 식으로 말하자면 나약하지 않은 인간이 어디 있겠어."

"일반론은 그만두자. 조금 전에도 말했듯이 물론 인간은 누구나 나약해. 그러나 진정한 나약함은 진정한 강인함과 마찬가지로 드문 법이야. 끊임없이 어둠 속으로 끌려들어가는 나약함을 너는 모를 거야. 그리고 그런 것이 실제로 세상에 존재하는 거야. 모든 것을 일반론으로 규정지을 수는 없어."

나는 잠자코 있었다.

"바로 그 이유 때문에 나는 그 거리를 떠난 거야. 더 이상 타락해가는 내 모습을 남들 앞에 드러내 보이고 싶지 않았어. 너도 포함해서 말이야. 혼자서 낯선 곳을 돌아다니면 적어도 남에게는 폐를 끼치지 않을 수 있거든. 결국은"이라고 말하고 나서, 쥐는 한동안 어두운 침묵 속에 빠져 있었다.

"결국은 내가 양의 그림자로부터 빠져나올 수 없었던 것도 그 나약함 때문이야. 나 자신도 어쩔 수 없었어. 아마 그때 네가 금방 와줬어도 어쩔 도리가 없었을 거야. 결심하고 산을 내려왔다고 하더라도 마찬가지였겠지. 나는 틀림없이 그곳으로 다시 되돌아갔을 테니까. 나약함이란 것은 그런 거야."

"양이 네게 무엇을 요구했지?"

"모든 것. 하나부터 열까지 모든 걸 요구했어. 나의 몸, 나의 기억, 나의 나약함, 나의 모순…… 양은 그런 것들을 아주 좋아하거든. 놈은 촉수를 잔뜩 가지고 있어서 말이지, 내 귓구멍이나 콧구멍에 그걸 쑤셔 넣고 빨대로 빨아들이듯이 쥐어짜내는 거야. 상상하는 것만으로도 소름이 끼치지 않아?"

"그 대가는?"

"내게는 과분할 정도로 대단한 것이었지. 하기는 양이 구체적인 형태로 내게 제시해준 건 아니지만 말이야. 나는 어디까지나 극히 일부분을 보았을 뿐이야. 그래도……."

쥐는 입을 다물었다.

"그래도 나는 결정적인 타격을 입었어, 어떻게 할 수 없을 정도로 말이야. 그걸 말로 설명할 수는 없어. 그건 마치 모든 것을 집어삼킨 도가니 같지. 정신이 아찔할 정도로 아름답고 소름이 끼칠 정도로 사악한 거야. 거기에 몸을 묻으면 모든 것이 사라져. 의식도 가치관도 감정도 고통도 모든 게 사라지는 거야. 우주의 한 지점에 모든 생명의 근원이 출현했을 때의 역동성에 가깝지."

"그래도 너는 그걸 거부했겠지?"

"그래, 내 몸과 함께 모든 것은 매장되었어. 앞으로 한 가지만 더 하면 영원히 매장돼."

"앞으로 하나?"

"앞으로 한 가지야. 그건 나중에 너에게 부탁하게 될 거야. 지금 그 이야기는 그만두자."

우리는 동시에 맥주를 마셨다. 조금씩 몸이 따뜻해져갔다.

"혈혹은 채찍 비슷한 것인가 보지?"라고 나는 물었다. "양이 숙주를 조종하기 위한?"

"맞았어. 그것이 생기면 그때는 양으로부터 도망갈 수 없는 거야."

"선생이 목표로 했던 건 도대체 무엇이었을까?"

"그는 미쳤어. 아마 그 도가니 속의 풍경을 견딜 수 없었겠지. 양은 그를 이용해서 강대한 권력 기구를 만들었지. 그러기 위해서 양은 그의 안으로 들어간 거야. 말하자면 일회용이지. 사상적으로 그 남자는 제로야."

"그리고 선생이 죽은 다음에 너를 이용해서 그 권력 기구를 이어받기로 되어 있었던 거고."

"그렇지."

"그다음에는 무엇이 오기로 되어 있었는데?"

"완전히 무정부적이고 혼란스런 관념의 왕국이지. 거기서는 모든 대립이 일체화되는 거야. 그 중심에 나와 양이 있지."

"왜 거부했어?"

시간은 흘러가고 있었다. 흘러가는 시간 위에 소리 없이 눈이 쌓이고 있었다.

"난 나의 나약함이 좋아. 고통이나 쓰라림도 좋고 여름 햇살과 바람 냄새와 매미 소리, 그런 것들이 좋아. 그냥 좋은 거야. 너와 마시는 맥주라든가……." 쥐는 거기서 말을 삼켰다. "모르겠어."

나는 말을 하려고 했지만 무슨 말을 해야 할지 알 수 없었다. 나는 담요를 뒤집어쓴 채로 어둠 속을 응시했다.

"우리는 아무래도 같은 재료로 전혀 다른 것을 만들어낸 모양이야"라고 쥐는 말했다.

"너는 세상이 좋아져간다고 믿고 있어?"

"무엇이 좋고 무엇이 나쁜지 누가 알 수 있겠어?"

쥐는 웃었다. "만약에 일반론의 왕국이 정말로 있다면, 너는 거기서 왕이 될 수 있을 거야."

"양을 빼고 말이지."

"양은 빼고." 쥐는 세 개째 맥주를 단숨에 비우고 빈 캔을 바닥에 놓았다.

"너는 되도록 빨리 산을 내려가는 게 좋을 거야. 눈에 갇혀버리기 전에 말이지. 이런 데서 겨울 한철을 나고 싶지는 않겠지. 앞으로 네댓새면 눈이 쌓이기 시작할 거고 얼어붙은 산길을 넘는 건 굉장한 일이거든."

"너는 어떻게 할 거지?"

쥐는 어둠 속에서 유쾌하다는 듯이 웃었다. "이제 내게 지금부터라는 건 없어. 겨울 동안에 사라지는 일뿐이지. 겨울 한철이라는 것이 얼마나 긴지는 나도 모르지만, 어쨌든 겨울은 한철이니까. 너를 만나서 반가웠어. 가능하면 더 따뜻하고 밝은 곳에서 만나고 싶었지만."

"J가 안부 전하더라."

"내 안부도 전해줘."

"그녀와도 만났어."

"어땠어?"

"잘 지내더라. 아직 같은 회사에서 근무하고 있었어."

"그럼 아직 결혼하지 않았나 보네?"

"응" 하고 나는 대답했다. "끝났는지 끝나지 않았는지 너에게 묻고 싶어 하던데."

"끝난 거야" 하고 쥐가 말했다. "나 혼자만의 힘으로 끝낼 수는 없었더라도 어쨌든 끝난 거야. 내 인생은 아무런 의미도 없는 인생이었어. 그러나 물론 네가 좋아하는 일반론을 빌리면 누구의 인생도 아무런 의미가 없겠지. 그렇지?"

"맞아"라고 나는 말했다. "마지막으로 두 가지만 더 물을게."

"물어봐."

"우선 한 가지는 양 사나이에 관한 거야."

"양 사나이는 좋은 친구야."

"내가 여기에 왔을 때 양 사나이는 너였지?"

쥐는 목을 돌리며 뚝뚝 하는 소리를 냈다. "그래. 그의 몸을 빌렸지. 너는 훤히 알고 있었구나?"

"도중에 알았어"라고 나는 말했다. "처음에는 몰랐지."

"솔직히 말해서 네가 기타를 박살 냈을 때는 놀랐다고. 네가 그렇게 화내는 걸 본 적이 없었고, 게다가 그건 내가 처음으로 산 기타였거든. 싸구려지만 말이야."

"미안해"라고 나는 사과했다. "너를 놀라게 해서 끌어내리려고 했던 것뿐이야."

"됐어. 내일이면 어차피 모든 것이 사라져버릴걸 뭐." 쥐는 대수롭지 않다는 듯이 말했다. "그리고 또 하나의 질문은 너의 여자 친구에 대해서겠지?"

"맞아."

쥐는 한참 동안 입을 다물고 있었다. 손을 비비고 나서 한숨을 쉬었다. "그녀에 대해선 가능하면 이야기하고 싶지 않았어. 그녀는 계산 밖의 변수였거든."

"계산 밖?"

"응. 나로서는 아는 사람들끼리 파티를 할 생각이었거든. 그런데 그 여자가 끼어들었지. 우리는 그 여자를 끌어들이지 말았어야 했어. 너도 알다시피 그 여자는 놀라운 능력을 가지고 있어. 여러 가지를 끌어당기는 능력 말이야. 하지만 여기에는 오지 말았어야 했어. 이곳은 그녀의 능력을 훨씬 넘어선 곳이거든."

"그녀는 어떻게 됐지?"

"그녀는 괜찮아. 잘 있어"라고 쥐는 말했다. "다만 이제 그녀는 널 매료시키는 일은 없을 거야. 안됐다고는 생각하지만."

"무슨 뜻이야?"

"사라졌어. 그녀의 안에서 뭔가가 사라져버렸어."

그는 입을 다물었다.

"네 기분은 이해해"라고 쥐는 말을 이었다.

"하지만 그건 빠르든 늦든 언젠가는 사라질 거였어. 나나 너나 그리고 여러 여자들 안에서 뭔가가 사라져가듯이 말이야."

나는 고개를 끄덕였다.

"슬슬 가봐야겠어"라며 쥐는 말을 이었다. "너무 오래 있을 수는 없어. 아마 또 어딘가에서 만날 수 있겠지."

"그럴 테지"라고 나는 말했다.

"가능하면 좀 더 밝은 데에서 여름에 만나면 좋을 텐데"라고 쥐는 말했다. "마지막으로 한 가지. 내일 아침 9시에 괘종시계를 맞추고, 그리고 괘종시계 뒤에 나와 있는 코드를 서로 연결해주었으면 좋겠어. 초록색 코드는 초록색 코드와 빨간색 코드는 빨간색 코드와 연결하면 돼. 그리고 9시 반에 여기를 나가서 산을 내려가줘. 12시에 우리끼리 간단한 모임이 있거든. 알겠지?"

"그렇게 할게."

"너를 만나서 반가웠어."

순간 침묵이 우리를 감쌌다.

"잘 있어"라고 쥐는 말했다.

"또 만나자고"라고 나는 말했다.

나는 담요를 뒤집어쓴 채 가만히 눈을 감고 귀를 기울이고 있었다. 쥐는 구두 소리를 내며 천천히 방을 가로질러가서 문을 열었다. 얼어붙을 것 같은 냉기가 방 안으로 들어왔다. 바람은 없고 천천히 스며드는 것 같은 냉기였다.

쥐는 문을 연 채 잠시 입구에 서 있었다. 그는 바깥 풍경을 보는 것도, 방 안을 보는 것도 아니고, 내 모습을 보는 것도 아닌 전혀 다른 뭔가를 가만히 바라보고 있는 것 같았다. 문의 손잡이나 자신의 발끝을 바라보고 있는 것 같은 그런 느낌이었다. 그리고 시간의 문을 닫듯이 찰칵 하는 작은 소리를 내며 문을 닫았다.

뒤에는 침묵만이 있었다. 침묵 외에는 아무것도 남지 않았다.

초록색 코드와 빨간색 코드,
얼어붙은 갈매기

쥐의 모습이 사라지고 나서 잠시 후에 견딜 수 없을 정도의 오한이 밀려왔다. 욕실에서 몇 번이나 토하려고 했지만 거친 숨소리 외에는 아무것도 나오지 않았다.

나는 2층으로 올라가 스웨터를 벗고 잠자리에 들었다. 오한과 고열이 번갈아 찾아왔다. 방은 그때마다 넓어졌다 좁아졌다 했다. 담요와 속옷이 땀으로 흠뻑 젖고, 땀이 식자 몸을 옥죄는 듯한 추위로 변했다.

"9시에 시계를 맞추고"라고 누군가가 내 귓전에 속삭였다. "초록색 코드는 초록색 코드에…… 빨간색 코드는 빨간색 코드에…… 9시 반에 여기를 나가서……."

"괜찮아"라고 양 사나이가 말했다. "잘 되어가는 거야."

"세포가 바뀌어가는 거야"라고 아내는 말했다. 그녀는 흰 레이스가 달린 슬립을 오른손에 들고 있었다.

무의식적으로 목이 10센티미터나 좌우로 흔들렸다.

빨간색 코드는 빨간색 코드에…… 초록색 코드는 초록색 코드에…….

"당신은 아무것도 몰라" 하고 여자 친구가 말했었다. 그렇다, 나는 정말 아무것도 몰랐던 것이다.

파도 소리가 들렸다. 겨울의 육중한 파도다. 납빛 바다와 목덜미처럼 하얀 파도. 얼어붙은 갈매기.

나는 밀폐된 수족관의 전시실에 있다. 고래의 페니스가 여러 개 진열되어 있고 너무 더워 숨을 쉬기 힘들다. 누군가가 창문을 열어야만 한다.

"안 됩니다"라고 운전사가 말한다. "한번 열면 다시는 닫을 수 없어요. 그렇게 되면 우리는 모두 죽게 됩니다."

누군가가 창을 연다. 몹시 춥다. 갈매기 울음소리가 들린다. 그들의 날카로운 울음소리는 내 살갗을 찢는다.

"당신은 고양이 이름을 기억하고 있습니까?"

"정어리"라고 나는 대답한다.

"아니에요, 정어리가 아니에요"라고 운전사가 말한다. "이름은 이미 바뀌었습니다. 이름은 금방 바뀝니다. 당신은 자신의 이름조차도 모르지 않습니까?"

몹시 춥다. 게다가 갈매기의 수가 너무 많다.

"평범함은 머나먼 길을 걷는다"라고 검은 옷의 남자가 말했다. "초록색 코드가 빨간색 코드고, 빨간색 코드가 초록색 코드지."

"전쟁에 대해 들은 이야기 있나?"라고 양 사나이가 물었다.

베니 굿맨 오케스트라가 〈에어메일 스페셜〉을 연주하기 시작했다. 찰리 크리스천Charlie Christian이 긴 독주곡을 연주했다. 그는 크림색 소프트 모자를 쓰고 있었다. 그것이 내가 기억하고 있는 마지막 이미지였다.

불길한 커브 길을 다시 찾다

새가 울고 있었다.

햇빛이 블라인드 틈새를 통해 줄무늬 모양으로 침대에 내리쬐고 있었다. 바닥에 떨어진 손목시계는 7시 35분을 가리키고 있었다. 담요와 셔츠는 물을 한 양동이 쏟아부은 것처럼 흠뻑 젖어 있었다.

머리는 아직 멍했지만 열은 떨어졌다. 창밖은 사방이 눈으로 덮여 있었다. 새 아침 햇살 아래서 초원은 은빛으로 반짝이고 있었다. 피부에 와닿는 냉기의 감촉이 상쾌했다.

나는 아래층으로 내려가 뜨거운 물로 샤워를 했다. 하룻밤 사이에 안색이 아주 창백해지고 볼의 살이 쏙 빠졌다. 나는 셰이빙크림을 여느 때의 세 배나 되게 얼굴 전체에 바르고 정성껏 면도를 했다. 그리고 스스로도 믿어지지 않을 만큼의 소변을 보았다.

소변을 보고 나자 힘이 쭉 빠져 목욕 가운을 걸친 채 15분 동안이나 긴 의자 위에 누워 있었다.

새가 계속 울어대고 있었다. 눈이 녹기 시작하여 처마 끝에서 물방울이 똑똑 떨어지고 있었다. 가끔 멀리에서 철썩 하는 날카로운 소리가 났다.

나는 8시 반에 포도주스를 두 잔 마시고 사과 한 개를 통째로 먹었다. 그리고 짐을 챙겼다. 지하실에서 백포도주 한 병과 커다란 허쉬 초콜릿 한 개 그리고 사과 두 개를 가져왔다.

짐을 챙기고 나자 방 안에 서글픈 공기가 감돌았다. 모든 것이 끝나려고 한다.

나는 손목시계가 9시를 가리키는 것을 확인하고 나서 괘종시계의 세 개의 분동을 감아올리고, 바늘을 9시에 맞췄다. 그리고 무거운 시계를 뒤로 돌려 뒤에 나와 있는 네 가닥의 코드를 연결했다. 초록색 코드는…… 초록색 코드에. 그리고 빨간색 코드는 빨간색 코드에.

코드는 등판에 송곳으로 뚫은 네 개의 구멍에서 나와 있었다. 위쪽에 한 쌍, 아래쪽에 한 쌍. 코드는 지프 안에 있던 것과 똑같은 철사로 단단히 시계에 고정되어 있었다. 나는 괘종시계를 원래대로 되돌려놓고 나서 거울 앞에 서서 나 자신에게 마지막 인사를 했다.

"잘되면 좋을 텐데" 하고 나는 말했다.

"잘되면 좋을 텐데" 하고 상대방도 말했다.

*

나는 올 때와 마찬가지로 초원의 한가운데를 가로질러갔다. 발밑에서 눈이 뽀드득뽀드득 소리를 냈다. 발자국 하나 없는 초원은 은빛 화구호火口湖처럼 보였다. 뒤돌아보니 내 발자국이 한 줄로 집까지 이어져 있었다. 발자국은 놀랄 정도로 비뚤어져 있다. 똑바로 걷는다는 게 쉬운 일이 아니다.

멀리 떨어져서 보니 집은 마치 생명이 있는 것처럼 보였다. 집이 갑갑하다는 듯이 몸을 비틀자 지붕에서 눈이 흔들려 떨어졌다. 눈덩이가 소리를 내며 지붕의 경사를 미끄러져 땅에 떨어지며 부서졌다.

나는 계속 걸으며 초원을 가로질렀다. 그리고 길고 긴 자작나무 숲을 빠져나와 다리를 건너고, 원추형 산을 따라서 빙 돌아 진땀 나는 커브 길로 나왔다.

커브 길에 쌓인 눈은 다행히 얼지는 않았다. 그러나 아무리 힘을 주며 눈을 밟아도 나락奈落 밑바닥으로 끌려들어가는 것 같은 꺼림칙한 기분에서 벗어날 수는 없었다. 나는 조금씩 허물어지는 벼랑에 매달리다시피 하며 그 커브 길을 끝까지 돌았다. 겨드랑이 밑이 땀으로 흠뻑 젖었다. 마치 어렸을 때 꾸었던 악몽 같았다.

오른쪽에 평야가 보였다. 평야도 역시 눈으로 뒤덮여 있었다. 그 한가운데를 주니타키강이 눈부시게 반짝이며 흐르고 있었다. 기적 소리가 멀리서 들리는 것 같았다. 맑게 갠 날씨였다.

나는 한숨 돌리고 나서 배낭을 짊어지고 완만한 내리막길을 걸었다. 다음 모퉁이를 돌자 본 적이 없는 새 지프가 서 있었다. 지프 앞에는 그 검은 옷의 비서가 서 있었다.

12시의 모임

"기다리고 있었지"라고 검은 옷의 남자가 말했다. "그래봤자 20분쯤이지만 말이야."

"어떻게 알았지요?"

"장소 말이야? 아니면 시간?"

"시간 말입니다"라고 나는 배낭을 내려놓으며 말했다.

"내가 대체 어떻게 해서 선생님의 비서가 되었을 것 같나? 노력? IQ? 아니면 요령? 설마. 내게 능력이 있었기 때문이야. 육감이야. 자네의 말을 빌리자면 말이지."

남자는 베이지색 다운재킷에 스키용 바지를 입고 초록색 레이밴 선글라스를 끼고 있었다.

"나와 선생님 사이에는 공통되는 부분이 여럿 있었지. 예를 들면 이성이라든가 논리라든가 윤리를 초월한 부분에서."

"있었다고요?"

"선생님은 일주일 전에 돌아가셨어. 아주 훌륭한 장례식이었지. 지금 도쿄는 선생님의 후계자를 뽑느라고 야단법석이야. 평범한 친구들이 정신없이 뛰어다니고 있지. 수고스럽게도."

나는 한숨을 쉬었다. 남자는 윗옷 주머니에서 은빛 담배 케이스를 꺼내 담배에 불을 붙였다.

"피우겠나?"

"아니요"라고 나는 말했다.

"정말 당신은 잘했어. 기대 이상이었지. 솔직히 말해서 나는 놀랐어. 하기는 당신이 궁지에 몰리면 조금씩 힌트를 줄 생각이었지만 말이야. 양 박사와의 만남은 아주 절묘했어. 가능하다면 내 밑에서 일하게 하고 싶을 정도로 말이야."

"처음부터 여기를 알고 있었군요?"

"당연하지. 도대체 나를 뭘로 아는 거야?"

"질문해도 됩니까?"

"좋아"라고 남자는 기분이 좋은 듯이 말했다. "간략하게 해봐."

"왜 처음부터 장소를 가르쳐주지 않은 거죠?"

"당신이 자발적으로 자유의지에 의해 여기에 와주기를 바랐기 때문이지. 뿐만 아니라 그를 구렁텅이에서 끌어내주기를 바랐던 거야.”

“구렁텅이?”

“정신적인 구렁텅이지. 사람은 양에게 홀리게 되면 일시적으로 얼이 빠지게 되는 법이거든. 말하자면 기억상실증 비슷한 거지. 거기서 그를 끌어내주는 것이 당신의 임무였던 거야. 그런데 자네를 믿게 하기 위해서는 자네는 아무것도 모르는 백지 상태여야 했어. 어때, 간단하지?”

“그렇군요.”

“근원을 밝히면 모든 게 간단하네. 프로그램을 짜는 것이 힘들 뿐이야. 컴퓨터는 인간의 감정의 흔들림까지는 계산해주지 않거든. 말하자면 수작업手作業이지. 하지만 애써서 짠 프로그램이 생각대로 진행돼주면 그보다 더한 기쁨은 없지.”

나는 어깨를 움츠렸다.

“그건 그렇고”라며 남자는 말을 이었다. “양을 쫓는 모험은 결말로 향하고 있어. 나의 계산과 당신의 순진함 덕분에 말이야. 나는 그를 얻게 되는 거야. 맞지?”

“그런 것 같군요”라고 나는 말했다. “그는 거기서 기다리고 있어요. 12시 정각에 다과회가 있다고 했거든요.”

나와 남자는 동시에 시계를 보았다. 10시 40분이었다.

“슬슬 가봐야겠군” 하고 남자는 말했다. “기다리게 하는 것도 예의가 아니니까 말이야. 당신을 지프로 아래까지 데려다 주지. 그리고 이건 당신이 일한 대가야."

남자는 가슴의 주머니에서 수표를 꺼내더니 내게 건네주었다. 나는 금액을 보지 않고 그것을 주머니에 쑤셔 넣었다.

"확인하지 않아도 되겠어?"

"그럴 필요가 있겠습니까?"

남자는 유쾌한 듯이 웃었다. "당신과 함께 일을 할 수 있어서 즐거웠어. 그리고 당신 친구는 회사 문을 닫았더군. 안타까운 일이야. 전도양양했는데 말이야. 광고 산업은 앞으로 더욱 잘될 텐데. 당신 혼자서 해도 괜찮을 것 같은데."

"당신은 미쳤어요"라고 나는 말했다.

"언젠가 또 만나지"라고 남자는 말했다. 그리고 커브 길을 걷기 시작했다.

*

"청어리는 잘 있습니다"라고 운전사는 지프를 운전하며 말했다. "통통하게 살도 쪘어요."

나는 운전사 옆에 앉아 있었다. 그는 그 도깨비 같은 차에 타고 있을 때와는 딴사람처럼 보였다. 그는 선생님의 장례식이나 고양이를 돌본 일에 대해서 여러 가지 이야기를 해주었지만, 나는 거의 듣고 있지 않았다.

지프는 11시 반에 역에 도착했다. 마을은 쥐 죽은 듯이 고요했다. 노인 한 사람이 삽으로 로터리의 눈을 치우고 있었다. 말라빠진 개가 그 옆에서 꼬리를 흔들고 있었다.

"고마워요"라고 나는 운전사에게 말했다.

"천만에요"라고 그가 말했다. "그리고 참, 하나님의 전화번호 시도해보셨습니까?"

"아니요, 그럴 틈이 없었어요."

"선생님이 돌아가신 후부터 통화가 되지 않아요. 도대체 어떻게 된 일일까요?"

"아마 바쁘신가 보죠"라고 나는 말했다.

"그럴지도 모르겠군요"라고 운전사는 말했다. "그럼 몸조심하세요."

"안녕히 가세요"라고 나도 말했다.

*

상행 열차는 12시 정각에 출발한다. 플랫폼에는 아무도 없었고, 열차의 승객도 나를 포함해서 네 사람뿐이었다. 그래도 오래간만에 보는 사람들의 모습은 나를 안심시켰다. 어쨌든 나는 삶이 있는 세계로 돌아온 것이다. 설사 그것이 따분함으로 가득 찬 평범한 세상이라 할지라도 그것은 나의 세계인 것이다.

나는 초콜릿을 먹으면서 발차를 알리는 벨소리를 들었다. 벨이 울리고 나서 열차가 덜커덩 소리를 냈을 때 멀리서 폭발음이 들렸다. 나는 창을 힘껏 밀어 올리고 목을 밖으로 내밀었다. 폭발음은 10초 간격으로 두 번 들렸다. 열차는 달리기 시작했다. 3분쯤 뒤에 원추형의 산언저리에서 한 줄기 검은 연기가 피어오르는 것이 보였다.

열차가 오른쪽으로 커브 길을 돌 때까지, 나는 30분 동안이나 그 연기를 응시하고 있었다.

에필로그

"모든 것이 끝났군" 하고 양 박사는 말했다. "모든 것이 끝났어."

"끝났습니다"라고 나는 말했다.

"자네에게 감사해야만 하겠지."

"저는 많은 것을 잃었습니다."

"아니야" 하며 양 박사는 고개를 저었다. "자네는 오히려 이제 막 삶을 살기 시작한 거라네."

"그렇군요"라고 나는 말했다.

방을 나올 때, 양 박사는 책상에 엎드려서 소리를 죽인 채 울고 있었다. 내가 그의 잃어버린 시간을 빼앗아버린 것이다. 나는 그것이 옳은 일인지 그른 일인지를 끝까지 알 도리가 없었다.

*

"어딘가로 가버렸습니다" 하고 돌고래 호텔의 지배인은 안됐다는 듯이 말했다. "행선지는 말하지 않았습니다. 왠지 몸이 안 좋아 보이더군요."

"됐어요"라고 나는 말했다.

나는 짐을 받아 전에 머물렀던 방에 묵었다. 방의 창을 통해서는 전과 마찬가지로 정체불명의 회사가 보였다. 가슴이 큰 여사원의 모습은 보이지 않았다. 젊은 남자 사원 둘이 담배를 피우며 책상 앞에 앉아 일을 하고 있었다. 한 사람이 숫자를 불러주고, 또 한 사람이 자를 사용해 커다란 종이에 꺾은선그래프를 그리고 있었다. 가슴이 큰 여사원이 없기 때문인지 이전과는 전혀 다른 회사처럼 보였다. 그러나 무슨 회사인지 도무지 알 수 없다는 사실만은 전과 똑같았다. 6시가 되자 모두 돌아가고 건물은 캄캄해졌다.

나는 텔레비전을 켜고 뉴스를 보았다. 산 위의 폭발 사고에 관한 뉴스는 없었다. 맞아, 폭발 사고는 어제 일어난 일이었지. 도대체 나는 하루 동안 어디서 무엇을 한 걸까? 생각해내려고 하니 머리가 아팠다.

어쨌든 하루가 지난 것이다.

이런 식으로 해서 하루하루 나는 '기억'에서 멀어져가는 것이다. 언젠가 칠흑 같은 어둠 속에서 어렴풋이 들려오는 목소리를 들을 때까지.

나는 텔레비전의 스위치를 끄고 신발을 신은 채 침대에 누웠다. 그리고 혼자서 얼룩투성이인 천장을 바라보았다. 천장의 얼룩은 먼 옛날에 죽어서 모든 사람들에게서 잊혀간 사람들을 생각나게 했다.

색색의 네온이 방 안의 분위기를 바꾸었다. 귓전에서 손목시계의 소리가 들렸다. 나는 시계를 풀어 방바닥에 집어던졌다. 자동차의 클랙슨 소리가 여기저기서 났다. 자려고 했지만 잠이 오지 않았다. 형언할 수 없는 기분을 가슴에 안은 채로, 잠을 자는 일 따위가 가능할 리 없었다.

나는 스웨터를 입고 거리로 나가 제일 먼저 눈에 띈 디스코텍에 들어가, 멈추지 않고 계속되는 소울 뮤직을 들으면서 온더록스를 더블로 세 잔 마셨다. 그러자 정신이 좀 들었다. 정신을 차리지 않으면 안 된다. 모두들 내가 제대로 깨어 있길 바란다.

돌고래 호텔로 돌아오자 지배인이 긴 의자에 앉아서 텔레비전의 마감 뉴스를 보고 있었다.

"내일 9시에 떠납니다"라고 나는 말했다.

"도쿄로 돌아가시는 겁니까?"

"아니요"라고 나는 말했다.

"그 전에 들를 데가 있어요. 8시에 깨워주세요."

"그러지요"라고 그는 말했다.

"여러 가지로 고마웠어요."

"원, 별말씀을." 그러고서 지배인은 한숨을 쉬었다.

"아버지가 통 식사를 안 하세요. 저대로 두면 돌아가시겠어요."

"괴로운 일이 있었거든요."

"알고 있습니다"라고 지배인은 슬픈 얼굴로 말했다. "하지만 아버지는 저한테 아무것도 말씀해주지 않아요."

"아마 이제 모든 게 잘될 거예요"라고 나는 말했다. "어느 정도 시간만 지나면 말이지요."

*

이튿날 점심은 비행기 안에서 먹었다. 비행기는 하네다에 들렀다가 다시 한번 하늘을 날았다. 왼쪽에는 계속 바다가 빛나고 있었다.

J는 여전히 감자 껍질을 벗기고 있었다. 아르바이트를 하는

젊은 여자애는 꽃병의 물을 갈기도 하고 테이블을 닦기도 하고 있었다. 홋카이도에서 이 거리로 돌아오자 아직 가을이었다. 제이스 바의 창으로 보이는 산은 곱게 단풍이 들어 있었다. 나는 문도 열지 않은 가게의 카운터에 앉아서 맥주를 마셨다. 땅콩 껍질을 한 손으로 벗기자 빠직 하는 기분 좋은 소리가 났다.

"그렇게 기분 좋게 껍질이 벗겨지는 땅콩을 사는 일도 쉽지가 않아"라고 J가 말했다.

"그래?" 하고 나는 땅콩을 씹으면서 말했다.

"그런데 또 휴가야?"

"그만뒀어."

"그만둬?"

"이야기하자면 길어."

J는 감자 껍질을 다 벗기고 나서 큰 소쿠리에 담아 씻은 다음 물기를 뺐다.

"그래서 이제 어떻게 할 건데?"

"몰라. 내 퇴직금에다 공동경영권의 매입분이 조금 들어올 거야. 대단한 돈은 아니지만 말이야. 그리고 이런 것도 있지."

나는 주머니에서 수표를 꺼내 금액은 보지도 않고 J에게 건네주었다. J는 그것을 보고 나서 고개를 저었다.

"엄청난 금액이네. 왠지 수상한 냄새가 나는데."

"바로 그거야."

"이야기하자면 길어진다 이거지?"

　나는 웃었다. "그걸 맡길 테니까 가게의 금고에 넣어두라고."

"금고 같은 게 어딨어?"

"금전등록기면 되잖아."

"은행의 금고에 넣어둘게" 하고 J는 걱정스러운 듯이 말했다. "그런데 이걸 어떻게 할 건데?"

"이봐, J. 이 가게로 옮길 때 돈이 좀 들었지?"

"들었지."

"빚은?"

"좀 있어."

"그 수표로 빚을 갚을 수 있겠어?"

"오히려 돈이 남아. 하지만……."

"어때. 그렇게 하고 나와 쥐를 이 가게의 공동경영자로 해주지 않겠어? 배당금도 이자도 필요 없어. 그저 이름만 올려주면 돼."

"하지만 그러면 너무 미안하잖아."

"됐어. 그 대신 나와 쥐에게 무슨 어려운 일이 생기면 그때는 여기서 받아들여주면 되는 거야."

"이제까지도 늘 그렇게 해왔잖아."

나는 맥주잔을 든 채 뚫어지게 J의 얼굴을 쳐다보았다. "알아. 하지만 그렇게 하고 싶어서 그래."

J는 웃으며 앞치마의 주머니에 수표를 쑤셔 넣었다.

"네가 처음 취했을 때의 일이 생각나는군. 그게 몇 년 전이었더라?"

"13년 전."

"벌써 그렇게 됐나?"

J는 전에 없이 30분 동안이나 옛날이야기를 했다. 드문드문 손님이 들기 시작했을 때 나는 일어섰다.

"오자마자 일어서는 거야?"라고 J는 말했다.

"예의 바른 놈은 오래 앉아 있지 않는 법이거든" 하고 나는 말했다.

"쥐를 만났지?"

나는 카운터에 두 손을 얹은 채 심호흡을 했다. "만났어."

"그것도 설명하려면 긴 이야기란 말인가?"

"이제까지 들어본 적이 없을 만큼 긴 이야기야."

"간단하게 얘기할 수도 없어?"

"간단하게 얘기하면 의미가 없어진다고."

"잘 지내던가?"

"잘 있었어. 만나고 싶어 하더군."

"언젠가 만날 수 있을까?"

"그럼. 공동경영자니까. 그 돈은 나와 쥐가 번 거야."

"기분이 아주 좋은데."

나는 카운터의 의자에서 내려와 그리운 가게의 공기를 들이마셨다.

"그런데 공동경영자로서 핀볼 머신과 주크박스가 있었으면 싶은데."

"다음에 올 때까지 들여놓을게"라고 J는 말했다.

*

나는 강을 따라서 하구까지 걸어가, 마지막으로 남은 50미터 정도 되는 모래사장에 앉아, 두 시간 동안 울었다. 난생처음 그렇게 울어보았다. 두 시간 동안 울고 나서 겨우 일어설 수 있었다. 어디로 가야 할지는 몰랐지만, 어쨌든 나는 일어서서 바지에 묻은 고운 모래를 털었다.

날은 완전히 저물었고, 걷기 시작하자 등 뒤에서 파도 소리가 조그맣게 들렸다.

현대사회의 인간성 상실에 대한
아름답고 슬픈 노래

전 세계 젊은이들의 사랑을 받는 무라카미 하루키

무라카미 하루키는 이미 어떤 설명도 필요 없을 만큼 우리나라 독자들 사이에서 확고한 위치를 확보한 일본의 작가다. 그리고 한때 일부 젊은 작가들이 그의 문체를 흉내 낸다거나 깊은 영향을 받았다 하여 말들이 많았던 적도 있다.

1980~1990년대 들어서 하루키 말고도 야마다 에이미, 무라카미 류, 요시모토 바나나 등 일본 작가들이 우리나라에 심심찮게 소개되었다. 그러나 무라카미 하루키만큼 성공을 거두고 있는 작가는 없다. 그 이유는 무엇일까.

알려진 바에 따르면 그는 일본에서 학생운동이 격렬하던 시기인 1960년대에 대학을 다녔으며, 이 학생운동에 깊이 빠져 학교를 7년 만에 졸업했다고 한다. 시간이 지난 후 그 시기를 돌아보았을 때 누구나 느낄 법한 허무감과 상실감이 그에게 있었다. 또 그는 전통적인 일본문학 작품보다는 미국문학 작품에 심취하여 많은 작품을 읽었고, 손수 번역 작업을 하여 미국문학을 일본에 소개하기도 했다. 그 영향으로 그의 작품에 등장하는 소품들—비틀스의 음악, 스파게티, 캔 맥주, 청바지 따위—은 일본적이지 않다.

정의가 실현되리라 믿고 학생운동에 뛰어들었지만 사회가 변하는 속도는 생각보다 훨씬 더디고, 우리가 믿는 정의나 올바른 가치가 반드시 실현되지는 않는다고 느꼈을 때의 진한 허무와 상실감을 1980년대를 지나온 우리들이 공감한 것은 아닐까. 그리고 햄버거와 스파게티, 맥주, 청바지 등은 세계 어디에 살든지 젊은이들의 공통 언어가 되었으며, 이런 것들은 일본적이지는 않아도 세계적이기 때문에 독자들은 친근함을 느낀다.

무라카미 하루키는 1979년 《바람의 노래를 들어라》를 발표하고 이 첫 번째 작품으로 일본의 권위 있는 신인상인 '군조신인상'을 수상하며 화려하게 등단했다. 이어서 《1973년의 핀볼》(1980)과 《양을 쫓는 모험》(1982)을 써 장편 3부작을 완성했다. 또한 《양을 쫓는 모험》으로는 '노마신인상'을 받았다.

1987년에 발표한 작품인 《상실의 시대》(원제: 《노르웨이의 숲》)는 전후 최다 판매 기록이라는 엄청난 판매 숫자를 기록하며 새로운 사회현상을 불러일으켰다. 그러나 무라카미 하루키는 매스컴에 자신이 드러나는 것이나 주변에 사람이 들끓는 것을 좋아하지 않아, 《상실의 시대》와 《댄스 댄스 댄스》를 발표하기 전부터 유럽에 머물렀으며, 최근까지 미국과 유럽 등지에서 작품을 써 일본에서 발표해왔다.

사람들의 눈길을 끌고자 하는 요즘 신세대 작가들과는 달리 자유와 고독을 소중하게 여기는 이런 점이 젊은 독자층의 인기를 끄는 또 하나의 이유라고도 한다.

주인공 '나'와 독자가 함께 양을 찾아 떠나는 여행

하루키 작품 가운데 비교적 초기작에 속하는 이 《양을 쫓는 모험》은 장편 3부작의 완결편 격이다. 등장인물들은 하루키의 다른 작품들에서와 마찬가지로 구체적인 이름을 갖지 못한 '나', '쥐', '선생님' 하는 식이다.

주인공 '나'는 친구와 광고 회사를 경영하고 있는데, 아내가 "당신과 함께 있어도 이제는 아무 데도 갈 수 없어요"라는 말을 남기고 집을 나간다. 그 후 그는 귀[耳] 전문 모델이자 콜걸인 여자와 만나게 되는데 '그녀'의 귀는 뛰어난 예지력을 지녔다.

그러던 어느 날 '나'는 '나'가 만든 광고지에 사용한 사진에 관한 일로 우익 거물급 인사의 비서를 만나게 된다. 그리고 그 비서로부터 한 달 안에 그 사진에 찍혀 있는 별 모양이 있는 양을 찾아내라는 협박을 받는다. 그 사진은 갑자기 자취를 감춰 행방불명이 된 '나'의 친구인 '쥐'가 보내온 것이었다.

이렇게 해서 귀 모델인 '그녀'와 '나'는 홋카이도로 그 양을 찾아 나선다. 두 사람은 돌고래 호텔에 묵게 되는데, 이곳에서 '양 박사'를 만난다. '양 박사'는 원래 중앙 정부 농림성의 엘리트 관료였으나 몸속에 양이 들어와 양의 지배를 받게 되었는데, 그 양이 어느 날 그를 버리고 한 우익 청년의 몸속으로 옮겨간 것이다.

'양 박사'로부터 사진 속 배경이 된 목장을 알게 된 '나'는 '그녀'와 함께 주니타키 마을로 떠난다. 마침내 목장을 찾아낸 '나'는, 그곳이 바로 친구인 '쥐'의 아버지의 소유였음을 알게 된다. 그 목장에서 '나'는 '양 사나이'를 만나게 되고, 한편 예지력을 지닌 '그녀'는 뭔가를 느끼고 그곳을 떠난다.

홀로 남은 '나'는 어둠 속에서 이미 이 세상 사람이 아닌 '쥐'와 오랜만에 재회하게 된다. 그리고 '쥐'에게서 그 양이 우익의 거물급 인사의 몸속에서 나와 '쥐' 자신의 몸속으로 들어왔다는 애기를 듣는다.

'쥐'는 양의 지배를 받게 된 후 '나'가 목장에 도착하기 전에 자살했다는 사실도 말해주며 자신이 죽음을 택한 이유를 이렇게 설명한다.

"그다음에는 무엇이 오기로 되어 있었는데?"

"완전히 무정부적이고 혼란스런 관념의 왕국이지. 거기서는 모든 대립이 일체화되는 거야. 그 중심에 나와 양이 있지."

"왜 거부했어?"

시간은 흘러가고 있었다. 흘러가는 시간 위에 소리도 없이 눈이 쌓이고 있었다.

"난 나의 나약함이 좋아. 고통이나 쓰라림도 좋고 여름 햇살과 바람 냄새와 매미 소리, 그런 것들이 좋아. 그냥 좋은 거야. 너와 마시는 맥주라든가……" 쥐는 거기서 말을 삼켰다.

주인공 '나'는, '나'와 '쥐'가 없어도 아무 탈 없이 돌아가고 일상이 반복되는 세계로 다시 돌아온다.

"나는 살아 있는 세계로 돌아왔다"

작가는 독자들에게 무얼 얘기하고 싶었을까.

번역하는 긴 시간 동안 내 머릿속을 떠나지 않은 물음이다.

물론 그건 이 작품을 읽는 개개인에 따라 다를 수 있는 문제다. 그러나 나는 앞에 인용한 부분을 만났을 때, 하루키가 독자를 홋카이도로, 깊은 산속 마을 주니타키로, 그곳에서 다시 고원에 있는 목장으로 이끌어간 이유는 바로 다음과 같은 말을 하고자 했기 때문이 아닐까 하고 생각했다.

현대사회를 살아가는 인간은 자신의 의지와는 관계없이 자신도 모르는 사이에 거대한 손의 지배를 받는다. 그것은 권력일 수도 있고 돈일 수도 있으며 어떤 규범 같은 것일 수도 있다. 그리고 사회는 더 강한 사람을 요구한다. 하지만 있는 그대로의 모습, 나약할 수밖에 없는 있는 그대로의 모습이 더 자연스럽고 더 인간적이라고 작가는 말하고 있는 게 아닐까. 그리고 그것이 인간이라고 말이다.

마지막으로 책 속의 한 부분을 더 인용하고 싶다.

상행 열차는 12시 정각에 출발한다. 플랫폼에는 아무도 없었고, 열차의 승객도 나를 포함해서 네 사람뿐이었다. 그래도 오래간만에 보는 사람들의 모습은 나를 안심시켰다. 어쨌든 나는 삶이 있는 세계로 돌아온 것이다. 설사 그것이 따분함으로 가득 찬 평범한 세상일지라도 그것은 나의 세계인 것이다.

옮긴이 **신태영**

일본 교토에서 태어났다. 도시샤대학교에서 영문학을 전공하고 번역가로 활동했다. 옮긴 책으로는 《세계의 전쟁》《세계 과학사 대계》《찰리 채플린 자서전》《사랑의 끝 세상의 끝》 등이 있다.

양을 쫓는 모험·하

1판 1쇄	1995년 11월 5일	1판 35쇄	2008년 9월 10일
2판 1쇄	2009년 10월 1일	2판 11쇄	2021년 1월 29일
3판 1쇄	2021년 6월 17일	3판 3쇄	2024년 1월 8일

지은이　　무라카미 하루키
옮긴이　　신태영

펴낸이　　임지현
펴낸곳　　(주)문학사상
주소　　　경기도 파주시 회동길 363-8, 201호(10881)
등록　　　1973년 3월 21일 제1-137호

전화　　　031) 946-8503
팩스　　　031) 955-9912
홈페이지　www.munsa.co.kr
이메일　　munsa@munsa.co.kr

ISBN　978-89-7012-519-0 (04830)
　　　　978-89-7012-517-6 (04830) 세트